藍，或另一種藍

山本文緒 著
陳系美 譯

導讀

彭蕙仙

女作家溫特生（Jeannet Winterson）說過一段非常動人的話：「每當我們做出了一個重大選擇，另一個自己就會存活在那個被捨棄的選擇裡。」而隨著時間的步履以及命運的起承轉合，當現實生活出現不順遂、不如意的困境時，或許這「另一個自己」就會像幽靈一樣鑽出來，我們會不由自主地沉緬在另一個選擇裡，設想種種可能，似乎也就成了平淡人生的某種救贖。

是的，不需否認，我們每個人應該都想過：「啊……如果我當年做了那個選擇，那現在的人生就會完全不同了！」對大多數僅僅只敢、只能把這樣的念頭放在想像裡的凡夫俗子來說，山本文緒這本混雜著《時光機器》、《眞假公主》與《變臉》情節的小說，提供了一個非常好的省思——你沒有做的那個選擇，果眞會比較好嗎？

小說情節是超現實的：蒼子當年愛上某名男子，但沒有選擇跟他一起生活。後來她愛上別人、嫁給別人，在婚姻生活裡，她跟先生愈走愈遠，先生有外遇，蒼子也有，在大都會裡，夫妻倆過著井水不犯河水的生活，表面禮貌，骨子裡是冷漠、是疏離。

蒼子總會想起從前愛過的、留在鄉下的這個男人，身爲廚師的他很居家、很生活，而且，他的愛是熾烈的，跟先生是完全不同類型的人。經過了幾年像陌生人一般的婚姻生活後，蒼子開始懷念起這個男人，並且不可抑遏地想：「如果嫁的是他，那人生肯定比現在幸福多了……」

感謝小說家幫她完成了這個夢想。蒼子有一天在路上遇到了一個跟自己一模一樣的女人，也叫蒼子，姑且稱嫁給東京男的是蒼子A，另一個是蒼子B吧，這蒼子B也不是別人，就是「嫁給鄉下廚師男的蒼子」，當A遇到B之後，A開始有了畸想：既然兩個人這麼相像，而A又渴望過一過被人熱烈愛戀的日子，她好奇，如果當年選擇了廚師男，那此後的人生會如何？於是蒼子A提出交換身分的建議：「一個月就好！」

B變成A到了都會，過著先生不聞不問，但可以每天刷卡、逛街的生活，還愛上了A的外遇情人，懷了孕，哎呀，這日子可眞是太美了，她愈想愈覺得不公平，原來A一直過著這種富裕而自由的生活，她眞傻啊……有這種生活可以過，A竟然還要交換？B開始想要把這一個月無限期地延續下去，還打算跟東京男離婚、嫁給年輕的外遇男哩。

如願嫁給愛人的B過的是什麼樣的生活呢？交換了身分之後，A才知道，所謂的家居生活就是每天要準備好食物、把家裡整理得一塵不染、沒有自己的喜怒任性、沒有自己的朋友，時間一到就大氣不敢多喘兩下地等著老公回家；而所謂的熾烈之愛，意思就是鄉下男絕不放鬆地緊迫盯人，一有什麼風吹草動，就認定老婆不貞、毒打一頓。平靜的、簡單的、有老公緊緊牽手的甜美生活，背後的實況原來竟是如此：「還好……我原來沒有做這樣的選擇！」幻想破滅，A急著想要再把身分換回來，B卻不依了，於是，小說從交換身分變成了奪取身分，一連串驚心動魄的智力拔河、穿插莽夫廚師男毆妻、尋妻的過程，讓小說的下半部很有一種驚心之感。讀者會緊張，一方面既希望B能夠如願，成功地變換身分、生下孩子，與外遇男雙宿雙飛，畢竟她過去的日子未免太過束縛枯燥，平平都是蒼子，憑什麼A就可以過得這麼舒服，而B就待要在鄉下，過著磕頭如搗蒜的窩囊日子？再說，她都懷了孩子了，如果回到那個超級嫉妒男身邊，讓他得知詳情，B豈有活命的機會?!不、不、不！不行，一定要讓B繼續新的身分才行啊。

可是，換一個角度想，A只因為一時好奇、想過過不一樣的人生，就讓她墮入永劫，跟那個恐怖的男人生活下去、天天哈著腰，燒飯洗衣？唉，這也不公平呀，她得到教訓、知道當年的自己其實是做了對的選擇，這就夠了嘛，別教她再受罪了，還是讓A趕快恢復本來的身分吧……

就在這樣的矛盾情結中，讀者一路看著故事令人驚奇地進行著。結果如何呢？這裡當然得先賣一個關子，作者說故事的本領肯定不會教大家失望的。

山本文緒的小說情節常常很匪夷所思，但過程與結果又往往能夠帶給人很大的啓發，並且總是給人溫暖的感覺，小說人物映照出讀者內心深處的幽暗與貪婪，但感謝有這麼好看的小說，讓書中人物代替我們去經歷那種破碎與破壞的過程，讓我們無須去實際經驗種種的失望與失落，但依然得到了啓發與昇華。透過小說，我們終於體會到：不論你做了什麼樣的選擇，生命終有許多無奈甚至於後悔，人的性格也常有不能自拔的自私，乃至於放縱自己耽溺於某種愚昧的遐思之中，誰都很難例外。其實，沒有所謂「更好的選擇」，現在這個狀況就是最好的結果，當年你放棄的，肯定就是你消受不起的。

蒼子A如果沒有變成B，她永遠不知道原來自己眞的很「睿智」，沒有選擇廚師男是因爲老天待她寬厚，不教她落入一個綑鎖的關係中；不被動變成A，B大概永遠也不敢把眼光從周而復始的緊迫盯人中抽離出來。變換身分爲的只是讓她們重新認識自己、認識愛：你沒有，並不表示你缺乏，要看你沒有的是什麼；你有，卻也不意味豐足，要看你有的是什麼。

A與B本來就是一體的兩面，代表實與虛永恆的戰鬥，「過去」與「未來」、「已然」與「未然」總是搶著要在我們生命裡發言，但你願意給哪一個更多一點的發言權呢？

最後要提這部小說裡一個很有趣的手法。蒼子B是蒼子A的某種「生命的可能」，但很難說誰是本尊、誰是分身。小說裡寫著，在B與A同時出現時，先認識A的人，看到的就是A，B在那個人眼前是隱形的，反之，如果是先認識B的人，卻同時能看見A和B。

由於是B要介入A的生活，在所有的人都是先認識A的情況下，在A沒有除掉前，B始終擔心自己永遠都不會被看見，但這種「隱憂」後來卻消失了，你猜猜爲什麼？因爲B懷孕了，這使得B不論何時、何地都是顯性的，A卻反而在自己的先生與情人面前消失了……爲什麼會有這樣的變化，山本的用意不難理解——能夠彰顯、凸顯生命的，是另一個生命、是生命對另一個生命的愛與呵護……這使我想起電影《霍爾的移動城堡》，片中少女蘇菲因爲受了咒詛，變成了雞皮鶴髮的老太太，但是每當她心中對霍爾湧出關愛，或者霍爾顯現出溫柔時，蘇菲就會變回少女模樣。

變成什麼不是重點，重點是：你是否體會到什麼是眞正的愛、是否已經找到自己眞正要的是什麼？「選擇」只是一個機會，「身分」只是一扇窗戶，你要看到什麼樣的自己、什麼樣的世界，重點是你用什麼眼光檢視自己的人生劇本。

如果你不喜歡現在的自己，總覺得當年如果做了不同的選擇，人生一定會比現在強幾百倍，因而活在無盡的追恨中，那麼，請你務必要來讀一讀這本小說，闔上書本，你的心智將會被說服，靈魂將會終於安定下來……一切，都是最好的安排；你沒有選錯。

（本文作者為作家、資深媒體人）

譯序

陳系美

經常，在開始翻譯一本書之前，總要先把原文書看一遍，即使無法看完一遍也總是進度較譯稿超前。然而，翻譯這本山本文緒的《藍，或另一種藍》，看到第三章，我就喊卡了，不敢再超前看下去。不是這本書不好看，反而是因爲太精采了。

一時，我還以爲這是一部驚悚懸疑的推理小說，可是它明明是一本愛情婚姻小說。爲了保持翻譯時的「臨場緊張感」，只好忍著想盡速一探究竟的好奇心，跟著我的譯文進度逐字逐句看下去。結果這下更慘了，因爲山本文緒嚇人的行家手段實在精采高明，於是我經常得眼睜睜地站在原地，被她嚇個幾分鐘甚至幾小時，才得以繼續前進。不過，那眞是一件很過癮的事。

難怪，難怪日本評論家將她的小說歸類於愛情推理小說，直誇她的小說不僅能給人「共鳴與感動」，還能令人「驚愕不已」。

山本文緒早期寫過很多少女小說，一九八七年的《豪華泳池的時光》曾入選爲有志寫青少年小說躍登龍門的「COBALT 小說大賞」佳作。一九九二年跳脫青少年小說範疇，改寫一般文藝小說，首部作品《鳳梨的彼方》便大放異采深獲好評，緊接著就是這部《藍，或另一種藍》再度獲得評論家的青睞，並譽此書爲開啓山本文緒創作生涯第二個里程碑的重要著作。然後一九九九年以《戀愛中毒》榮獲第二十屆吉川英治文學新人賞，被譽爲日本戀愛小說最高傑作，接著又在二〇〇一年以短篇小說集《渦蟲》獲得第一二四屆直木賞的殊榮，奠定了山本文緒在日本文壇的地位。

《藍，或另一種藍》在山本文緒的作品中是一部非常特殊的小說，就山本文緒本人表示，這是她小說裡唯一的「超現實」故事。書中「分身」（doppelganger）一詞，是心理學用語，但最初靈感卻是來自不經意讀到的格林童話，一個自己的房子、財產、名譽都被「分身」奪走的故事。再加上當時山本文緒剛結婚不久，對驟然劇變的生活節奏感到無所適從，住家和家人的改變，也使得原本對自我生活步調極有信心的她，非得改變生活形態不可。此時不禁萌生了一個念頭，倘若和不同的人結婚，體驗的又是另一種生活吧？於是《藍，或另一種藍》就此誕生了。

本書當時在日本出版之際，各方迴響大多集中於婚姻生活糾葛所引發的張力上，而非分身一事的探究，這使得山本文緒鬆了一口氣。然而，她卻再也提不起勇氣做這種冒險，後來只寫可能發生在身邊的現實性故事。因此《藍，或另一種藍》成了令人驚豔的絕響。

儘管是特殊而唯一的絕響，這部作品依然是從對習以爲常的「愛」投出質疑而出發的。「愛」是流動在山本文學世界的一貫主軸。情侶之愛、夫妻之愛、家人之愛、親子之愛，登上她文學世界裡的「愛」儘管形態各有不同，但山本文緒似乎對「愛」都抱著極爲懷疑的態度。而在這懷疑的背後，卻有著清醒而洞徹的眼神。

女主角蒼子，結婚六年，但早在幾年前就和丈夫分房睡，在外面交了個年紀比自己小的男友，而丈夫也經常夜宿舊情人家。蒼子貪圖舒適優渥的生活，因此離婚不在她的選項之內，丈夫則因自己舊情難忘深感愧對妻子，因此也沒提出離婚，夫妻倆就這樣各有外遇地過著相敬如「冰」的生活。就在蒼子和男友從海外旅行回來之際，因爲颱風被迫降落在福岡機場，臨時起意決定獨自在博多住上一晚，因爲她多年前在面對結婚抉擇時的另一位人選就住在博多。就在這個夜晚，她在街頭看見那名男子，並且意外地發現，他身邊女人的長相，居然出奇地和自己相似，連名字也叫蒼子，最令她驚駭不已的是，她們居然連記憶都荒謬地如出一轍。這個女人就是蒼子的「分身」，蒼子B。於是故事從「交換身分」體驗彼此的婚姻生活開始，進而發展到蒼子A和蒼子B爲了搶奪「本尊」身分勾心鬥角，甚至處心積慮想置對方於死地的爭奪戰。

這絕對是一場「自我的對決」，毫不容赦、血淋淋的自我對決。無論是本體還是影子，是本尊還是分身，都是自己。人一輩子終究逃不開的是自己，人終究要面對的還是自己，然而如果有必須「和解」的對象，到頭來依然是自己。是的，和解。

雖說這是一個「如果我當初選擇了另外一個人，人生或許會更好？」的故事，然而骨子裡，我認爲這是一部「自我對決與和解」的傑作。和解？和解是指蒼子A和蒼子B分別回去過自己的婚姻生活嗎？山本文緒在最後點燃的希望，猶如在不毛的荒野射進了一道光芒，溫暖了我一路翻譯下來激動難抑的心情。

ブルーもしくはブルー

the blue or the other blue

蒼子A

九月十四日

我沒有看男人的眼光。

坐在穿越亂流的飛機裡，我突然意識到這點。

飛機飛離塞班已經兩個小時，機身的搖晃不僅沒有緩和反而愈顯激烈。

我將身體埋在座位裡，緊閉雙眼。地板突然往下掉，又突然上升。說舒服是騙人的，但若將全身力氣放掉，隨著波濤起伏，感覺倒也沒什麼。

然而，坐在我旁邊的朋友已經冒出一臉油汗。他單手遮著嘴，時而念念有詞，不曉得在嘀咕什麼。下巴的鬍碴，微微顫動。

「不要緊吧？要不要吃點藥？」

出聲溫柔問候的不是我，而是空姐。

「哦，還好……我不要緊。」

「要不要喝點什麼飲料？」

「那，啤酒好了。我有點渴。」

這時我停止假寐，叫住即將離去的空姐，對著隨機身劇烈搖晃回頭看的她，點了一杯咖啡。

「妳醒啦？」牧原有氣無力地笑了笑。

「都已經暈機不舒服了，還喝啤酒，這樣不要緊嗎？」

「我才沒有不舒服呢！」

「臉色一片鐵青還敢說……」

聽我這麼說，牧原又一副要笑不笑地牽 嘴角。我反射 地將目光抽離他那沒出息的笑容。

「什麼飛機嘛，掉下去算了！」

牧原以強烈的口吻說著言不由衷的話。

「才不會掉下去呢。只是颱風來了，氣流不太穩定罷了。」

「墜機的話，我就可以跟妳一起殉情了呀。」

我在心裡嘀咕著，這男人根本沒有殉情的膽量，於是很自然地浮出一抹冷笑。然而牧原似乎會錯意了，連忙握緊我的手。

「蒼子，妳聽我說……」

「拜託，不要想說服我。」

「為什麼我們非得分手不可呢！只要妳肯離婚的話，我真的願意跟妳在一起。」

「我剛才已經說過了，不要想說服我。」

「我沒有辦法接受。」

此時，天花板的廣播傳來「機長的通知」。隔著狹窄通道的鄰座小學生驚聲尖叫：「要墜機了！」母親見狀連忙勸止。牧原把我的手握得更緊。

廣播的內容當然不是如此驚悚駭人的消息——昨夜在關東附近徘徊的強烈颱風，剛才已經在伊豆半島登陸。由於關西的氣流也相當惡劣，無法在大阪降落，於是將轉往福岡機場降落，希望各位旅客能諒解包涵。說話的語調一副機長腔，不清不楚的男性聲音。

「福岡耶！」

我和牧原面面相覷，異口同聲地說。雖然搭機前曾被告知，視颱風的動態，如果無法在成田降落，可能會降落在大阪，但萬萬沒想到是福岡。我不禁再度囁嚅這個地名。

「福岡……」

「喂、喂、喂，等一下，我明天要開始工作耶！可以幫我們訂回程的新幹線嗎？」

牧原一臉泫然欲泣的樣子，對著端飲料來的空姐說。

「小姐，可以確保我們去得了東京吧？明天我不能請假啊。」

「我們當然會竭盡全力提供最完善的服務。關於您提到的回程車票，待會兒會以廣播說明。」

她一路端飲料過來，同樣的問題一定被問過很多遍吧。儘管面帶笑容，卻回答得很機械性。

接過罐裝啤酒，拔掉拉環，牧原嘆了一口大氣。我拿著紙杯裝的咖啡，望著他的側臉。

又不是什麼大不了的事。

只不過原本預定在成田降落的飛機，改到福岡降落罷了。這個人幹麼爲了這麼點小事哭喪著臉呢？爲什麼就不能沉穩一點呢？

我舉起紙杯，啜了口咖啡。看著牧原的膝蓋搖來晃去，好像在搖窮酸似的，覺得他眞的很沒用。

不過，選擇這樣的男人談戀愛的，畢竟是我自己。

剛認識的時候，我甚至願意離婚和他一起生活，可是相處久了，鍍上的那層金就剝落了。

我老公有個優點，他從來沒有讓我頭痛過。相對地，牧原動不動就暈機、暈車，動不動就叫苦連天，又是疲勞又是頭痛的。剛開始雖然覺得他很沒用，但還覺得滿可愛的。可是現在，這點卻最讓我抓狂。雖然明白這是戀情走到盡頭的反應，但自己也覺得自己很可悲。

看來，我眞的沒有看男人的眼光啊。不僅老公，連外遇的對象都挑錯人。

聽著驚人的引擎聲轟隆作響，我又啜了一口咖啡。此時機身突然大晃，咖啡像噴出似的潑了出來。

「好燙！」

「飛機搖得很厲害，小心一點。」牧原迅速拿出手帕，我不禁直愣愣地盯著他瞧。

「幹麼？」

「沒事。謝謝你。」

接過手帕，將它覆在唇上，我玩味著此刻複雜的心境。這人雖然很沒有男子氣概，不過倒是頗溫柔體貼，不是個壞人。

由於心情開始動搖，我連忙用力甩甩頭。已經決定的事，不要再三心兩意。跟這個人繼續下去，不會有什麼未來的。

我用手指捏扁空紙杯。

再過一小時就會到福岡。

雖然是第一次去福岡，但那裡有令人懷念、卻痛楚的回憶。

於是我開始考慮，想在博多住一晚。

博多車站的咖啡店裡，我和牧原面對面坐著。

「啊？妳不回去？」

我老實地跟他說我今天要在博多過夜，他當眞驚愕不已。

「嗯。反正又沒有什麼重要的事非得急著回去不可，我想稍微觀光一下再回去。」

我故意朝他笑了笑，害得他嘴巴張得開開的，一時啞口無言。

「怎麼這樣！蒼子，這人過分了！」

「反正你明天不能休假不是嗎？對你很不好意思，抱歉囉。」

「抱歉……？好，我決定了！我明天要休假。我也要跟妳一起在這裡過夜。」

我早就料到他會這麼說。在塞班談的分手的事，牧原根本不當一回事。或許怪我態度不夠冷漠決裂。這麼一想，我抬起頭。

「你別鬧了！」

「蒼子，妳？」

「爲什麼要像小孩一樣糾纏不清呢？我想一個人獨處。既然你這麼想吵架分手，我就做給你看。我不送你上車了。」

語畢，我一起身，牧原連忙抓住我的手。「等一下！對不起，是我不好。」

我俯視著道著歉的牧原，一會兒才緩緩坐下來。看著他垂肩落寞的神情，我第一次感到有些心疼。

那張光滑的臉應該叫做童顏吧。都已經二十六歲了，還稚氣未脫，乾爽鬆散的頭髮、兩隻手晒得黑黑的。我曾經很喜歡這個人，但是隨著歲月流逝，原本覺得很可愛、比我年輕的男人，愈看愈像個只會撒嬌耍賴、卑屈軟弱的男人。

分手的事，是去塞班旅行之前由我主動提出的。他聽了竟然開始撒嬌，說難得放了幾天假一起去旅行吧。我把它當作是最後的旅行，他愈是想說服我，得到的反而是反效果。原本想好好享受這趟旅行，一路上卻聽盡他的愚痴哭訴，使我倒盡胃口，對他的感情加速冷卻。

我和牧原，是在四年前認識的。

當時牧原在百貨公司的婦女服飾賣場打工，和藹可親的笑容和那青春偶像般的迷人外貌，使得他在賣場中成爲人氣佼佼者。

起初，我對這個小我三歲依然未脫學生氣息的男生不帶什麼戀愛感情，漸漸地，由於每天見面聊一些無聊的笑話，我們變得比較親近。至於怎麼變成情侶的，我已經不太想得起來。只記得兩人一起出去喝酒，然後就順其自然地發生了。

牧原打從一開始就知道我已婚，但我們兩人都不談這件事。那是非常輕鬆愉快的關係。

很幸運地，我把總是不在家而且不干涉我的老公放在一邊（不，其實被放著不理不睬的人是我），經常和牧原外出旅行。

旅行時，牧原總是興高采烈、歡天喜地，受到他的影響，我也跟著豁出去盡情享樂。雖然很開心，但我很清楚這種關係無法長久。然而牧原那顆笨腦袋似乎不明白這一點。

愛情很像旅行。每天過的都是非日常性的生活，快樂無比。然而，這勢必終將結束。接下來，日常生活就開始了。正因有無聊的日常生活，才有刺激的非日常生活產生。

能夠興高采烈、歡天喜地，是因爲我們是以戀人的關係外出旅行。倘若我和老公離婚，開始和牧原過日常生活，就不是一對戀人，也就不會總是興高采烈、歡天喜地了。之後，反正我爲了散心，一定會再度外出旅行。

「……妳已經對我厭倦了嗎？」

我沒有回答牧原的問題。或許吧。是很開心沒錯，不過我已經厭倦了。或許我已經受夠了只爲了擺脫煩悶日常生活的戀情。

「……對不起喔。」

最後，我只說了這句話。我知道我是個冷酷至極的人，所以我能做的也只有道歉。

「算了，道什麼歉嘛。」

「我覺得對你過意不去。」

「不要再說了。不過，我會暫時留在這裡，如果妳回心轉意，打個電話給我喲。」

牧原似乎找回了一點從容。那表情似乎認爲，我提出分手只是一時衝動，或許又會因爲一時衝動而回心轉意。我覺得我好像被當白痴似的，但我靜默不語。總之我想早點一個人獨處。

牧原和他的行李箱一起搭上了航空公司代爲購票的新幹線。隔著駛動的車廂玻璃窗，他對我揮手道別。我也舉起手，揮給他看。

新幹線一走，我輕而易舉地變成一個人。抬頭看月台的時鐘，才下午一點鐘。九月的陽光，彷如夏日般眩亮刺眼。

不需那麼緊繃之後，我放掉全身的力氣，幾乎是拖著腳走下車站階梯。累是很累，不過這種倦懶的感覺也挺不錯的。在陌生的城市裡，有著獨自一人的解放感和輕微的困惑；也有旅行的疲憊，以及船到橋頭自然直豁出去的天眞率性。

出了剪票口，我進入立刻印入眼簾的公共電話亭。翻閱電話亭裡的電話簿，找了一家合適的商務旅館訂房。下榻的地方一有著落，整個人頓時輕鬆起來，睡意卻也同時襲上全身。

或許我疲累的程度遠遠超出自己想像。用手掌拍拍臉頰，先趕走睡意再說。可是，如果這樣一直撐到晚上也很痛苦，還是先到旅館躺一下吧。

決定之後，我取出寄放在投幣式寄物櫃裡的行李箱，搭上計程車。將旅館名稱告訴司機後，司機眉頭輕蹙。車子走不到兩分鐘，就停在大馬路邊的旅館前。

付了跳表上的金額下車後，穿過狹小的大廳直接往櫃檯走。我知道距離住房登記時間還很早，拚命拜託之後，櫃檯才心不甘情不願地將房間鑰匙交給我。

或許是我對房間不抱期待的關係，房裡比我想像中來得寬敞舒適。白色的牆壁配上白色的床，連掛在牆壁上的畫也是一片淡白色調。由於之前在塞班住的飯店房間，牆壁上畫了波浪魚群之類的東西，感覺喧騰而嘈雜，這裡的一片靜白，反而讓我感到放鬆。

拉開窗簾，放眼望去是遼闊的博多市街。高樓大廈櫛比鱗次，後面接續著住宅區的景致。這個城市比我想像中大很多，但是站在窗前望過去，像個沒什麼特色的一般地方都市。

儘管肚子很餓，但睡意卻比空腹感更加強烈。我將窗簾拉上一半，脫下衣服，穿著一件內褲溜上床。

被太陽晒得發燙的全身肌膚貼著涼爽的被單，感覺舒服極了。午後的陽光透過蕾絲窗簾輕柔地垂照在眼簾上。在逐漸恍惚的意識底層，我思忖著如何打電話給老公。

九月十四日，腦海裡突然浮現今天的日期。這一天是我和老公結婚六週年的紀念日。

然而，我們從未在一起慶祝過這個日子。結婚一週年的紀念日當天，佐佐木連個電話都沒打就在外頭過夜。之後，我就努力想把這個日子忘記，然而愈想忘愈是忘不了，九月十四日這個日子已經深深烙印在我心裡。

算了吧。即使打電話給他，他也不會期待我的歸去。

重新蓋好薄薄的被單，我毅然閉上雙眼。

醒來的時候，霎時不知自己身在何處。

慢呑呑地起身，以手背揉了揉眼睛，看到窗外的黃昏街景，才想起我在福岡的旅館裡。

下床後，我去浴室淋浴。在浴室裡擦拭全身後，從行李箱裡拿出新內褲穿上。就這麼以毛巾裹著頭髮，只穿著一件內褲從冰箱拿出果汁。喝下的同時，清楚地感受到冰涼的果汁從喉嚨流進胃裡。頓時意識到強烈的空腹感，肚子咕嚕咕嚕地叫了起來，我不禁獨自淺淺一笑。

「好好好，馬上給你吃東西喔。」

自言自語眞的很凄涼——二十五歲之前我還會這麼想，不過三十大關已迫在眼前的現在，就不覺得自言自語是什麼天打雷劈的慘事了。

一身清爽之後，連洋裝也想穿新的。我坐在床邊噘著嘴。之前穿的無領POLO衫，已經滿是汗味、鬆垮邋遢；塞班買的海灘裝，穿上街又太過招搖。偏偏出發時買的夏日涼衫又壓在行李箱底層變得皺巴巴的。

買件洋裝來穿吧，下了決定後我站了起來。姑且先穿上牛仔褲，撕開買給老公當禮物的T恤的袋子，拿出那件T恤來穿。光著腳丫穿上涼鞋，簡單化個妝就出門了。

在陌生的城市中，想找一家合適的餐廳也挺費事的，於是我在旅館裡的咖啡廳吃了焗烤和沙拉。可能是暑假已經結束了，或是這家旅館生意不怎麼好，咖啡廳和大廳裡人影稀少。吃完之後覺得很不自在，我立刻離開旅館。

我沿著大馬路緩緩而行。下班回家的上班族和年輕女孩，有的從我身邊擦身而過，有的匆忙地超越我。辦公大樓染上一片淡淡的橙色，遠方雲霧靄靄的群山上方，掛著一輪皎白的月亮。一派陌生城市平穩的黃昏景象。

剛開始，我有點緊張，一個個地確認和我擦身而過的男人。但後來覺得很愚蠢，就停止了。就算那個人或許在這個城市中，也不可能這麼巧，就在路上遇到。

也許是聽到女孩子們開心的笑聲，讓我突然想找個人說話吧。我開口向一個在十字路口等紅綠燈、身材粗碩的中年婦女詢問。

「不好意思，請問妳知不知道這附近哪裡有書店？」

那女人回頭看了我一下，一副好像沒有必要回答似的笑了笑。

「小姐，妳不是博多人吧？」結果她回了一句意想不到的話，使我頓時啞口無言。

「我看得出來。我的直覺一向很準。妳不是九州人吧？」

「……不是，我是來旅行的。」

「等一下，妳別說。讓我猜猜看，妳是東京 人吧？」

「對啊。」

「果然沒錯。我是賣保險的，每天都會見到很多人，只要看對方的臉就知道他是打哪兒來的。」

一張寬廣的臉配上誇張的鬈髮，感覺很像招財貓。招財貓一個勁兒地傻笑，還露出金牙。我心想，這下慘了，因爲日本到處都有這種只要話一出口就沒完沒了的歐巴桑。

「旅行？妳一個人來啊？」

「嗯，對啊。」

「這樣太危險了吧。年輕女孩子會一個人出來旅行，八成是失戀了對不對？」歐巴桑笑著問。

我不客氣地調開視線。我最討厭死纏爛打，還有喋喋不休的人。眞後悔問錯了人，我抬頭看著紅綠燈。

「要找書店的話，過了那裡就有一家！」

歐巴桑似乎感受到我的態度冷淡，口氣粗魯。

她所指的「那裡」的紅綠燈正好由紅轉綠。我連忙道謝，小快步火速通過馬路。

歐巴桑告訴我的那家書店旁正好開了家咖啡店，我買了旅遊書之後進入這家咖啡店。快速翻閱了一下旅遊書，得知博多這個城市比我想像中大很多。有許多百貨公司、摩登大樓，還有電影院、美術館、音樂廳。只要東京有的，這裡幾乎都有。雖然我還看得不多，但看起來市容街景十分美麗、感覺很舒服。

「早知道是這麼棒的地方，當初我應該嫁到博多的。」

我輕聲地自言自語。原本只是抱著好玩的心情隨便說說，不料話一出口，卻反而驚愕不已，一陣痛苦和懊悔冷不防地襲上心頭，差點當場哭了出來，不過還是壓抑住了。我閉上眼、深呼吸，靜待暴風雨的離去。

這個城市的某個角落（也或許，已經不在這裡了）住著我曾經想嫁的戀人。他叫河見俊一，是個身材高挺的男人。

七年前，我們在東京認識。

當時從洋裁專科學校畢業，如願進入大型服飾廠商就職的我，才做了兩年，就一直想辭職。公司原本答應將我配屬到設計部門，結果分派下來的是營業事務，不是做一些無聊至極的雜事，就是應付性騷擾的主管們糾纏不休的晚飯邀約。每天對這種日子感到厭煩，買求職雜誌也變成了一種習慣。

那時，同事帶我去一家小料理店，我在那裡遇見了河見。這眞的是只有吧檯的超迷你小店，打掃得很乾淨、還用精緻的小酒杯，是一家品味高雅的店。

那時，河見在這裡當廚師，嚴峻的臉孔配上俐落的短髮，一身潔淨筆挺的工作服，總是默默地在工作。

剛開始我認爲他一定是個很難相處的人，去了幾次之後，他有時會擺出一副生氣的臉孔說「這盤免費」，然後把當季的生魚片送到我面前。不過接下來到他展露笑顏爲止，並沒有花多少時間。

當我和媽媽桑及老闆熟了，也能和河見輕鬆交談之後，已經不再煩惱來的時候要找人作陪。加班吃不到晚飯的時候，我會獨自來這家店。對獨居的我而言，這家店就像能讓我輕鬆自在的廚房一樣。

有一天，被加班和人際關係搞得心力交瘁之際，打開這家店的門，往常總是頭一個對我說「歡迎光臨」的河見不見了。我大概不由自主地露出失望的表情吧，媽媽桑意味深長地笑了笑，說河見請假回老家去了。我連忙告訴媽媽桑，說她會錯意了，但她不以爲然、笑咪咪地說：「每次妳一來，河見也很高興喔。」

幾天後，媽媽桑和老闆好像串通好似的，設計我和河見出去約會。明明可以拒絕的，我卻沒有推辭，果然那時候起我就對河見抱持好感了吧。

然而當天，不論是看電影或是喝咖啡的時候，河見都一副心不在焉的樣子。看來，河見喜歡我這件事，只是媽媽桑和老闆的一廂情願，害我覺得有點落寞。

河見送我到公寓樓下時，突然對我點頭行禮，好像有什麼話要說地看著我。瞧他一副欲言又止、呑呑吐吐的樣子，不料他竟然唐突地說：「請妳跟我結婚好嗎？」

我已經忘了那時是怎麼回答的，只記得太過震驚，隨便支吾兩句就衝進電梯裡。

完全看不出喜歡我的樣子，卻又突然向我求婚，眞的讓我感到困惑不已。但說不高興是騙人的，沒錯，高興是很高興啦。

那天深夜電話響起，我知道是河見打來的，卻猶豫著要不要去接？因爲接了電話之後，好像就得回答「YES」或「NO」。

電話鈴聲停了。我按著胸口鬆了一口氣之際，電話又再度響起。我意識到我是逃不了的，於是接了電話。

「剛才，眞的很抱歉。」河見垂頭喪氣的聲音傳入耳際。

「突然冒冒失失地向妳求婚，剛才被老闆臭罵一頓。我重新說一遍。這個……那個……改天再一起出去吃飯好嗎……」

聽著他那羞得無地自容的聲音，我差點笑了出來。就這樣，我成了河見的女朋友。

開始交往之後，他給我的印象跟在店裡的時候不一樣。我原本以爲他是個沉默寡言、溫順和藹的人，當兩人獨處的時候，他的話很多，也很愛笑，而且超乎我意料之外地依賴我。結婚的事，可能被老闆告誡了暫時不敢提，但他卻很明顯地把我當作未來的老婆看待。

認識我現在的老公佐佐木，是跟河見交往一個月後的事。當時有個雞婆的主管，說要介紹他大學時的學弟給我認識，我心不甘情不願地被主管帶到店裡去。第一次見到佐佐木時，我十分驚訝。沒想到這世上竟然有讓人感覺這麼舒服的男人，我對他的第一印象非常好。或許是我臭美，但我也認爲佐佐木第一眼就很欣賞我，我們連思考的時間都沒有便迅速墜入情網。

佐佐木非常接近我十幾歲時幻想的理想男性。聰穎機敏、乾淨清爽，總是帶著溫和的笑容。儘管如此，他卻不是愛裝模作樣的人，去高級餐廳時就表現出應有的禮儀，去卡拉OK唱歌時也會大唱他的拿手好歌，是個會笑鬧起鬨的人。

佐佐木大我五歲，當時他剛滿二十七歲。河見因爲工作上的關係，外表看起來成熟穩健，其實內心還只是個二十四歲的年輕人。

我雖知道不能如此，但還是不免將佐佐木與河見拿來比較一番。爲廣告代理商工作、都會型、聰穎機敏的佐佐木，以及像個調皮小孩的河見，兩個我都同樣喜歡，不論選擇哪一個、捨棄哪一個，我都會後悔。

腳踏兩條船的罪惡感，比想像中更沉重地壓在我的心頭，我幾乎無法再這樣拖拖拉拉地和佐佐木及河見交往下去了。正因我對兩人都是眞心喜歡，更加有種背叛的感覺，使我痛苦不堪。想擺脫這種痛苦，唯一的辦法就是做出選擇。

選擇的契機意外地提早到來。河見的父親病倒了，聽說他父親這陣子身體狀況一直很差，說不定得長期住院，因此河見告訴我，他決定回福岡老家去，甚至還低頭求我跟他一起回去。

我無法點頭答應。我在低頭懇求的河見身上看到日後我在福岡的生活情景——打理老公的生活，照料臥病在床的陌生公公，在繁瑣的家務事中打轉，逐漸失去朝氣。我才二十三歲而已耶！在東京出生長大的我，爲什麼非要跟一個父親重病臥床的男人到九州去不可呢。

結婚的話，就能圓滿地辭去工作——這一點不錯。然而，當時的我，依然處在對於結婚對象有甜美幻想的年紀，我無法毅然地斬斷這種幻想：一個會在潔淨的客廳裡擺上鮮花，假日還會開車帶我出去兜風的溫柔老公。能夠實現我這個夢想的，應該不是河見，而是佐佐木吧。

最重要的是，我愈來愈怕河見。他只要酒一下肚，講話就變得很粗魯，而且他每天晚上都會打電話來，如果我回來晚了還會大發牢騷，我很怕被他綁住。

不過，我還是有點猶豫。畢竟佐佐木又沒有向我求婚，我也只見過佐佐木在外面的樣子。就算在床上的時候，我也覺得他一副鄭重其事的樣子。

就這一點而言，河見是個表裡一致的男人。他經常是沒有惡意的。若是酒喝太多失態了，事後也會可憐兮兮地反省。儘管嘴巴上說是大男人主義，但我工作疲憊的時候，他會眞心地慰勞我。

可是最後我還是選了佐佐木。當我向他暗示結婚之意時，他居然就開口向我求婚，把我嚇了一跳。他笑著說，他也想安定下來了。而且在我開口問東問西之前，佐佐木就把結婚相關的各種計畫擬好了。

關於佐佐木的事，我完全沒跟河見說。只對他說了一句「我沒辦法跟你一起去」，河見的態度頓時轉爲強硬，接著深深嘆了一口氣，結果什麼都沒說。他默默地返回故里。之後，他當然不可能再出現在店裡，我也從此失去他的音訊。只有帶我去那家店的同事告訴我，河見在博多又當起廚師來了。我知道這不是道歉就能解決的事，然而我在深夜的床上，獨自一人時，我頻頻向河見道歉。直到和佐佐木結婚那天爲止，我的淚水從未乾涸。

「可以收了嗎？」

聽到一個女孩的聲音，我連忙抬頭一看，原來是女服務生想把早就冷掉的咖啡杯收掉。我趕緊點頭應允。

看著映在玻璃窗上的自己的臉，我厭煩地用力搖頭。事到如今，想那些八百年前的往事做什麼呢。果然不該在博多逗留啊。

我拿著帳單站起來，到櫃檯付了錢。突然一個轉念，洋裝也不想買了，只想找一家旅行社買明天回東京的票，然後回旅館睡覺。我這麼想著，起步走到街上。

一到地下街，找到一家旅行社，買了一張到羽田機場的機票後走到外頭，看看手表才六點多而已。

我打算逛逛附近的商家。博多和東京賣的衣服其實差不多，原本已經打算不買洋裝了，可是逛了之後還是很想買。我從地下街一路逛到摩登大樓，頗爲認眞地在尋找心儀的洋裝。

自從和佐佐木的婚姻生活褪色之後，我半瘋狂般地拚命買東西。流行服飾、皮包、鞋子、髮飾，還吃遍美食、出國旅行。錢不是多到像流水一樣，但以老公的薪水過活，生活費不虞匱乏，而且我打工賺的錢可以自己隨便花，老公的年終獎金也可以用一半。

只要上街購物，即便時間短暫，也能將煩人的事拋諸腦後。穿上新衣服，被店員誤以爲比實際年齡年輕個五六歲時，整個心情都開朗了起來。

不過，最近連逛街購物也變得空虛無趣，我完全不曉得今後該怎麼辦才好。選錯了結婚對象、找不到離婚的理由和契機，也沒有什麼可以投注熱情的工作，就連想逃避這一切去找一個婚外情的對象都沒有，我無事可做。難道往後漫長的人生，我只能像這樣空虛地消費下去嗎？

腦子裡轉著這些問題，但我依然一件件地打量著衣架上的衣服。我在找一件白色的連身洋裝，沒有任何裝飾、純棉雪白的連身洋裝，就像昭和初期的電影女星穿的那種，近乎冷淡而素雅，但卻現代感十足……啊！就是那種感覺的洋裝。

一個身穿A形連身洋裝披著短袖羊毛上衣的女子，輕飄飄地從我身旁走過。我很自然地用眼睛追著那位長髮女子。接著，不經意地瞥見和她走在一起的男人。

我頓時瞪大眼睛。

男人窺視著女人的臉龐，好像想說什麼。看見他的側臉，我的心中突然有什麼崩裂開來！

他是河見。

錯不了的，那就是河見。

怎麼辦？他是河見啊。

我以爲這輩子再也見不到他，想不到他卻近在眼前。河見居然就在那裡！

曾經期盼的巧合成爲現實降臨在我身上，霎時讓我手足無措，完全無法思考。只是心臟怦怦怦地快跳出來了，腦子裡一片空白。

撥開錯身的人群，我提起腳步朝著河見追去。什麼都沒想，只是朝他的背後伸出手去。就在指尖快碰到他的肩膀時，他身旁的女伴突然回頭一看！我嚇了一大跳，連忙縮回手。然而她的視線並沒有停留在我身上，環顧一下四周，又邁步向前。

我將倏地放下的右手抱在胸前，睜大了眼睛看著他們，茫然地目送河見和那個女人離去。

那個女人，跟我很像。

雖然只看了她一眼，不過眞的長得跟我很像。

一股被迫死心般的不安，以及河見選了一個酷似我的女性的複雜喜悅——這兩種心情如龍捲風般在我心中狂亂奔騰。

看著他遠去的背影隨著下降的手扶梯消失，我終於飛奔過去。背後被龍捲風推著，我飛快腳步追趕著他們。

河見和他的女伴就這樣下到地下街，直接往地下鐵車站前去。他們買了車票通過剪票口，我也立刻從柱子後面跑出來買票。按下最短區間的按鈕後，突然想到應該買哪裡都能下車的最遠區間票才對。不過，重買的話會跟丟，於是我拿著這張車票快速衝向剪票口。

衝下樓梯，馬上看到他們。我隔著幾個人跟在他們後面，終於來到地下鐵搭上電車。找到可以映照他們背影的車廂昏暗窗戶，我微低著頭站著。每到一站，我就回頭看看後面，確認河見有沒有下車。就這樣回頭望著望著，腦海裡突然閃過一個念頭，乾脆愉快地出聲叫他吧。

可是河見和他的女伴，彼此用手環擁著對方的背，猶如新婚夫妻般相視而笑。當兩人湊近臉龐談話時，嘴唇好像都要快吻上了。看到他們這副甜蜜模樣，別說出聲叫他了，連自己跟蹤他們到這裡來都覺得空虛悲哀。就這樣悶不吭聲地回去吧，心裡這麼想的同時，我的腳卻停了幾個車站，根本不想離開他們身旁。

就這樣猶豫磨蹭了十分鐘左右，他們放開吊環走到車門附近，準備下車。原來河見住在這一帶啊。想到這裡，我無論如何都想看看河見住的地方。就這樣放他走的話，或許真的一輩子都見不到了。至少知道他的住址還可以寄張明信片給他，這麼一來，說不定彼此還有單獨見面的機會。

我追在他們的後頭下車，將車票投入自動剪票機，正要快步通過之際，突然警鈴大作！我宛如被澆了一頭冷水，不禁尖叫出聲。走在前面的那個女伴緩緩地回頭看著我，我驚慌失措地連忙看向別的地方，清楚地意識到全身冒汗。

站務人員走出辦公室，我連忙付了不足的零錢，快速衝上車站的階梯。一出地面，公車站和超市的燈光躍入眼簾。我幾近瘋狂地穿梭在等候巴士的行列及路上的人群中。

難道我跟丟了嗎？

我氣喘吁吁地佇立在人群裡。

難道就這樣，眞的一輩子再也見不到河見了嗎？想到這裡，我突然一陣鼻酸，對面大馬路邊柏青哥店的霓虹燈，因著淚水而顯得扭曲。

在扭曲模糊的視線裡，奇蹟發生了。有一對情侶手牽手，緩緩地走在車流交錯的對街上，是河見。他們在柏青哥店外放開手，然後像孩子似的揮手說掰掰。就這樣道別後，河見走進柏青哥店，女人往人行道走去。

我毫不考慮地衝進車道。喇叭聲和緊急煞車聲在背後轟隆作響，我筆直地朝霓虹燈跑去。就在快踏進店家的自動門之際，突然有個人擋在我面前。閃躲不及，差點撞上。

「對……對不起！」我連忙抽離身子。

那個人好像要堵我似的，「請問有什麼事嗎？」那女人背著柏青哥店的霓虹燈。

「難不成，妳從剛才一直跟在我們後面？如果我猜錯了，我向妳道歉，不過……」

說到這裡，她突然靜默不語。至於我呢，當我從正面看到她的臉，也頓時瞠目結舌。

她靜靜地向我跨出一步。霓虹燈把她的臉照得輪廓分明，我倒抽了一口氣！

她開口說話。

「妳……是誰？」

妳是誰？

妳是誰？

妳才是誰呢？

我和跟我長得十分相似的女人，驚愕地四目對看。

我彷彿被緊緊綁縛般動彈不得。這哪是像而已，除了髮型和化妝不同，眼前的這個人簡直跟我一模一樣。

不需仔細端詳也一目了然。連髮質、肌膚、指甲、聲音……何止是相似，簡直是同一個模子印出來的。千真萬確到令人難以置信，不是相似，是全部相同。

我清楚地意識到，毛骨悚然的感覺從動彈不得的後腳跟往上爬，接著有如敲擊琴鍵的觸感奔向背脊，衝向頭頂。就在瞬間，咒縛解開了。

我使出渾身的力氣，撞開眼前這個女人，然後拚命地跑開！

那是什麼啊？

那是，我。

我沒有看錯，那的確是我。

恐怖。

非逃不可。

我看見了不該看的東西。

理性早就消失無蹤，我順從身體裡湧出的本能的恐怖。

我死命地在陌生的道路上奔跑，不曉得跑了多久，一直到碰到坡路、摔了一跤才停下來。小腿的脛骨撞到路樹的柵欄，我發出一聲哀號，蹲在路邊。

整個身體變成了一顆心臟。血液沸騰，臉頰發燙，好像快爆炸似的。看著額頭上豆大的汗珠滴滴答答落在地面上，看著看著才多少平靜了些。

彷彿將沉重的身體舉起似的，我緩緩地站了起來。環顧一下四周，看見幾棟籠罩在街燈下的兩層樓住家。我究竟跑了多遠呢？不知道有多少年沒這麼認真跑過了。

突然看到一台自動販賣機。我走了過去，買了咖啡，當場打開來一飲而盡，將空瓶丟入垃圾桶時，大彎道的坡道下方，有個身穿白色洋裝的女人走上來。

剛才的恐怖並沒有再度降臨，我大概知道是怎麼回事，她一定是追著我來的。我們有必要好好談一談。

「啊，找到了。」

她爬上坡之後，對著站在自動販賣機旁的我笑了笑。她笑了耶，看來她的從容比我多了百倍有餘。

「我一直在叫妳耶，怎麼突然間就跑掉了呢。妳認識我對不對？我們究竟是什麼關係？長得很像的陌生人？還是雙胞胎？」她氣喘吁吁地站在我面前。

我浮現一抹走樣的笑容搖搖頭。「我不認識妳。」

「我可以問妳的名字嗎？」

「佐佐木，蒼子。」

她的眼睛睜得好大。「妳叫蒼子？不會吧？」

「難道妳的全名是，河見蒼子？」

她臉上的笑容消失了。

在夜晚自動販賣機的燈光裡，我們凍僵了似的凝視著彼此。

在她的提議下，我們決定去附近的兒童公園好好地談一談。

四方小公園裡只有一盞路燈佇立著，我們坐在燈下的長椅上。

她喝著剛才在自動販賣機買的可樂，我悄悄打量她的側臉。剛才因為直覺是同一個人而驚慌失措，現在冷靜下來仔細再看，她只不過是和我長得很像的陌生人。

究竟我剛才在慌亂什麼呢？竟然會像個白痴似的嚇得拚命逃竄。我浮現一抹苦笑，坐在身旁的她也對我展露出一抹微笑。

「眞的長得很像耶！」她的笑容讓人感覺很舒服，所以我也就親切地說：「是啊。聽說全世界會有三個人長得很像。」

「不過，我原本認爲這是瞎掰的。」

「眞的有長得很像的人，可是連名字都一樣就太神奇了。」

聽她這麼一說，我稍微想了一下。如果只是長得很像的陌生人，爲什麼會連名字都一樣呢？連名字都一樣的話，表示有什麼血緣關係呢？或許有什麼我不知道的出生祕密吧。想到這裡，我輕輕嘆了口氣。我家的確跟一般的家庭有點不同。不過，我四歲的時候母親就病逝了，不可能有什麼出生祕密這麼誇張的事。

「妳剛才問，我們是不是雙胞胎。那妳有雙胞胎姊妹嗎？」

我有點似笑非笑地問著，她緩緩地搖搖頭。

「『應該』沒有吧。」

應該？她的語氣強調了這兩個字，於是我繼續追問，「好像不是很確定哦？」

「嗯。我四歲的時候，我媽就生病過世了。記憶中我跟我媽根本沒有好好說過話。後來我爸再婚，很久以前我們就分開住了，變得很疏遠。」

我驚愕地望著她的臉。她看了我的表情，歪著頭問：「怎麼啦？」

「……難道妳母親是癌症過世的？」

「對啊。」

「妳父親再婚的對象叫亞由美，她還帶了兩個孩子？」

聽了我的話，她頓時瞠目結舌。

「妳該不會是住在再婚的爸爸家裡覺得很不自在，所以高中畢業就搬出去獨立了？住在高圓寺附近一間沒有浴室的小公寓？」

我們宛如要把對方吸過來似的凝視著彼此，她的嘴唇開始輕微顫抖。

「……難道我們是，同一個人？」

她這麼一說，我好像要甩掉掉在頭上的毛毛蟲似的用力搖頭。

「妳在說什麼啊！這種事太扯了吧，怎麼可能嘛！」

「可是……那，妳生日是哪一天？」

我一回答，她輕微地聳聳肩。

「同一天。」

「妳騙人！」

「我騙妳做什麼？」

「那我問妳，中學三年裡，一直很喜歡的男生叫什麼名字？」

我認眞地問了起來。這件事只有我一個人知道，當然沒跟朋友提過，一直隱藏在我心裡。

她低下頭，兩手貼著臉頰，眉頭輕蹙，彷彿在記憶裡搜尋著什麼，又像是被問了不知道的事而覺得很頭痛。

突然，她抬起頭，視線投向兒童遊樂區的立體方格鐵架頂端，喃喃地說：「我想起來了。」

「他叫大坪。很會念書，腳有一點跛。啊，我怎麼忘記了呢。我幾乎沒跟他說過話，但是一直很喜歡他。雖然他腳不方便，可是都跟大家一起上體育課喲。每年情人節我都買了巧克力，可是從來沒有勇氣拿給他。」

她臉上閃著光芒看著我，我點頭稱是，連驚訝都忘了，被這種好像在跟感情很好的同班同學聊年少往事的錯覺迷惑了。

「對啊對啊，畢業那天還請他在畢業紀念冊上簽名，好高興，可是也好難過喔，還哭了好幾天呢！」

「嗯。之後，高一的暑假還寄了一張暑中問候的明信片給他，可是他好像搬家了，明信片被退了回來。」

「那時也哭得很傷心對不對？」

愈聊愈起勁的我們，突然在這裡沉默了。

我的眼前，有一張跟我一樣的臉，一副泫然欲泣的表情。

蟲鳴聲包圍著沉默的我們。

我們不是長得很像的陌生人，也不是被隱藏的雙胞胎姊妹。

我們相互確認了身世、舊姓，甚至第一次上床的男人，打開手掌比對手相和指紋，相似到令人頭皮發麻。

雖然難以置信，但我們大概是同一個人。然而，這種事不可能在現實世界裡發生，不是嗎？就算是看到幻影，也未免太過眞實了。

我輕輕伸出手，觸摸她從白色連身洋裝露出的手臂。她視線落在被觸摸的手肘一帶，輕輕一笑。

「我不是鬼魂，是活生生的人。」

「是啊。不過，這到底怎麼回事？難道我在做一個漫長的夢嗎？」

對哦，說不定這只是一場夢。我恍恍惚惚地想著，或許是和佐佐木的婚姻實在太悲慘了，強烈的後悔導致我做了這個夢。

想到這裡，我察覺到一件事。

對哦，這個人和河見結婚了。

這究竟是怎麼回事？我們兩人的身世幾乎相同，如今她卻跟別人結婚了，在不同的地方過著不同的人生。那麼，我們兩人是從什麼時候開始各自走向不同的人生呢？

「我問妳哦，妳跟河見結婚了對不對？」

「對啊，在我二十三歲的時候。」

「我跟佐佐木祐介結婚了。」

「我想起來了，的確有這個人。」

她回答得很爽朗。

「說不定，我們原本是同一個人……眞的只是假設而已喲……如果後來要分裂成兩個人的話，大概就是在那個時候吧。我二十三歲的時候，不曉得要跟佐佐木結婚還是跟河見結婚好，眞的煩得要命，妳呢？」

對於我的提問，她稍微思考了一下才回答。

「那時我也很煩，不過好像沒有煩得要命。」

「我跟河見是在新宿的咖啡店分手的。我記得那時櫻花盛開，應該是四月吧。妳記得嗎？」

她肯定地點點頭。

「那，妳那個時候，回答河見YES嗎？」

「沒有。那時我只跟他說我無法跟他去九州。不過那天晚上，不曉得怎麼搞的突然後悔了。後來我就打電話跟河見說，我還是想跟他結婚。」

她用指頭玩弄著放在膝上的羊毛上衣衣襬，輕聲地說。我記得那天晚上，我是哭累了睡著了。不記得曾打電話給誰，也不記得出過門。

「妳知道Doppelganger嗎？」

我這麼一問，她靜靜地抬起頭。

「……Doppelganger……？」

「我以前在書裡看過……好像是分身的意思。從一個人分出另一個像影子般的自己，在別的地方活著。」

「我好像聽過這種事……」

「我也記不太清楚，書上寫的好像是，在遇見極度困難的抉擇時，這個分身才會出現。」

「面對極度困難的抉擇的時候？」

我望著她不安的表情點點頭。

「一定是這樣。當不知道選擇佐佐木還是河見結婚比較好的時候，我們就分裂成兩個了。」

對於我的論調，她歪著頭不置可否地笑了笑。

眞的是這樣嗎？

現在在我眼前的，眞的是那時選擇了河見後的六年後的我？

「可是……分身這種事是書裡寫的，並不是眞的吧？」她低聲說。

看著她那悲愁的神情，我也對自己的論調益發沒自信。

沒錯。分身這種事不可能實際存在，我記得書裡面寫的是罹患精神病的人看到的幻覺。難道說我已經發瘋了嗎？所以才會做這種莫名其妙的夢？

「妳跟佐佐木過得怎麼樣？」

恍神中的我突然聽到她這麼問，頓時不知如何回答。

「什麼意思？」

「你們住在東京不是嗎？好好哦，每天都過得很開心吧？妳有工作嗎？」

我腦中還一片混亂，她看起來卻沉著穩定。

「……嗯，很開心啊。前些時候還在百貨公司工作，不過現在閒閒沒事做。妳呢？妳怎麼樣？每天過得開心嗎？」

「馬馬虎虎。」

語畢，她露出一抹微笑，看起來似乎過得很幸福。這時我胸口突然一緊，好像被刺痛了什麼似的。

「河見現在還在當廚師嗎？對了，那時他爸爸不是在住院？現在康復了吧？」

爲了掩飾我的痛楚，我狀似爽朗地問。

「嗯，他還是老樣子。我公公也已經出院了，目前在家裡療養。雖然沒辦法工作，不過一般的日常生活已經沒有問題。」

她笑咪咪地回答，接著突然站了起來。

「不好意思，我得回去了。」

她說得斬釘截鐵，我有點爲難地抬頭看著她。不過，儘管談上一個晚上也不可能解開謎底吧，或許道別是比較好的。

「因爲河見快回來了。我隨便跑出來，他會發牢騷的。妳應該知道吧？」

「對哦，他的確是這種人沒錯。」

「可以把妳的聯絡住址告訴我嗎？」

她這麼一說，我連忙打開手提包。從筆記本裡撕下一張紙，寫上地址和電話號碼。彼此交換聯絡地址後，我們緩緩走向公園出口。

「我家在車站的另一頭，我送妳去車站吧。」

「謝謝。」

我和她不發一語地走下坡道。黑色行道樹的樹梢上，群星閃爍。這裡果然比東京看得到更多星辰。

有許多非說不可的事，也有許多非問不可的事，偏偏不知如何啓口。她的側臉看起來也是陷入沉思的神情。

「妳一直都這樣瘦瘦的啊？」

她突然冒出這句話。究竟什麼意思？我一時反應不過來，無法立刻回答。

「我結婚之後胖了七公斤耶！他還說我像一隻圓滾滾的貍貓。」

「哦，這樣啊。」

隨著她的笑聲，我也輕輕笑了笑。她的確比我富態了些，不過看不出來胖了七公斤。

「看不出來胖那麼多啦！」

「哦？可是眞的變胖了！」

「這叫『幸福胖』吧？」

我的這句話，讓她咯咯地笑了起來。我的視線悄悄離開她那開心的神情，彷彿不知這是出於嫉妒之故。

我開朗地說：「這件洋裝好漂亮喔！我也一直想買一件，還拚命四處尋找呢。可是不是有怪異的裝飾花樣，就是太長或是太短，一直找不到剛剛好的。」

這時，她拍拍我的肩。

「我也一直找不到呢！」

「哦？」

「所以，這件是我自己做的。」

我不禁停下腳步。

「這沒什麼好驚訝的吧。我們念過洋裁專科學校不是嗎？」

我啞口無言地凝視著她那一臉天眞的微笑。

ブルー
もしくは
ブルー

the blue or the other blue

蒼子B

河見蒼子，微駝著背在切菜。

銳利的菜刀切在堅固的切菜板上，發出規律而富節奏感的碰撞聲。夕陽從廚房的小窗戶射入，將她的白色圍裙染成一片淡淡的柿紅色。

蒼子停下切菜的動作，看了一下瓦斯爐上的鍋子，拿起長筷子輕輕地在鍋裡攪動幾下，又將鍋蓋蓋回。小小的公寓裡，到處瀰漫著醬油的香味。

好想吃焗烤料理哦。

看到煮得咕嘟咕嘟沸滾的南瓜，蒼子頓時覺得自己想吃的是其他的東西。蓋了一層厚厚起司的焗烤洋蔥，還有西洋芹沙拉和雜燴文蛤，以及香甜的蛋白奶酥和濃郁的 Espresso 咖啡。

蒼子聳聳肩，將妄想趕出腦海，因爲河見討厭起司，也討厭吃甜的東西。他會樂意伸出筷子去夾的，大致是烤魚和燉煮蔬菜之類的食物。他也不是特別討厭西式料理，只是每當蒼子做了比較不同的料理，他就會露出嫌惡的表情。河見說，我要吃像我媽媽做的那種一般家常菜。

爲了迎合老公的喜好，長期吃著這些東西，蒼子已經逐漸忘記自己喜歡吃什麼東西了。

蒼子手裡握著菜刀，出神地想著。對哦，以前最喜歡吃奶油醬汁和披薩。單身的時候還經常自己做來吃，為什麼現在不做了呢？

耳邊傳來鐘擺噹噹噹的整點報時聲，那是住在隔壁的老夫婦的舊式鐘擺式時鐘發出的鐘響。鐘響敲了六下。蒼子重新打起精神，繼續切味噌湯的白蘿蔔。河見說他今天上早班，大概再三十分鐘就回來了吧。做完味噌湯還得準備醋漬小菜，得加快手腳才行。

「好痛！」

菜刀的刀刃，劃到壓著菜的左手中指。蒼子連忙將手指含入口中，一股鐵味頓時在嘴裡擴散開來。她輕輕將手指抽離嘴巴一看，第二關節處被割了一道頗深的傷口。轉眼間鮮血就從傷口溢了出來，將白蘿蔔絲染得一片血紅。

「我在做什麼啊！真是的！」

蒼子啐了幾聲，再度將手指含入口中，就這樣走出廚房，單手從架上取下急救箱，一屁股坐在榻榻米上，將ＯＫ絆貼在傷口上。然後眺望著新貼的ＯＫ絆，以及前天同樣切菜切到的拇指上的ＯＫ絆。

「……我到底是怎麼搞的呢？」

蒼子自言自語地嘀咕著。做菜的時候竟然會切到手，這已經好幾年沒發生過了。而且還連續切到兩次，她不禁垂頭喪氣起來。

她視而不見地看著電源關閉的電視螢幕。

不只是做菜時會出狀況。最近她總是恍恍惚惚的，上禮拜還打翻電視機上的花瓶，結果水流到裡面去，把電視弄壞了。為此還花了八千塊的修理費，被河見痛罵一頓。

今天早上，河見出門的時候還對她說，「妳最近好像沒什麼精神哦？」。蒼子回答身體不太舒服。這並不是謊言，她總覺得額頭的後方愈來愈重，持續發著小燒。

這些都是見了那個人之後才發生的。

蒼子靠著牆壁，兩腿伸直坐在榻榻米上。

遇見那個和自己很像的女人之後，也已經快一個月了。經過那個奇妙的夜晚到翌日清晨，她怎麼都無法相信前晚的事情是真的。然而，如果是一場夢，記憶也未免太過鮮明。

從那之後，蒼子總覺得自己的心不在這裡，而是在遠方的某處茫然飄盪。原本理所當然的日常生活，感覺卻像電視裡的連續劇。無論發生什麼事，都懶得真心地悲傷落淚或開懷大笑。

蒼子不禁暗忖，那個人現在在東京，是否也有這種百無聊賴的心情呢？

她說這叫 Doppelganger。

她說這或許是「蒼子」的 Doppelganger，也就是分身的意思。

之後，蒼子去圖書館查了一下「分身」的資料。

記載這方面的文獻資料很少，無法得知詳細的情形，大致上指的是，罹患精神疾病的人看見的自己的影子。

倘若分身指的是一個人的影子，那麼自己是她的影子嗎？影子的存在必須有本體才行。那麼，是因爲有了她，才有自己的存在嗎？如果她死了，自己會像沐浴在晨曦裡的吸血鬼變成灰燼而潰散消失嗎？

蒼子望著從裙子裡伸出的雙腳，出神地想著。從那晚之後，她已經重複想過幾百次同樣的問題了。

從東京來的那個人是本體，自己是影子。她也曾幾度想否定這種想法，但都隨後就放棄了。

如果要說誰是本體、誰是影子，她大概非得承認自己可能是影子吧。

因爲蒼子對於自己年幼的記憶相當模糊。自己曾經在什麼地方過著什麼樣的生活，這些大抵都還記得，但是同年代的人大多熟知的卡通主題曲，或是曾經引起社會騷動的衝擊事件，蒼子幾乎沒有印象。如果硬要拚命回想，額頭的後方就會隱隱作痛，所以蒼子決定不去想這些事情。於是至今，她連自己的記憶分量比別人少的事實都忘記了。

倘若自己是原本不存在的人，只是別人的複製品，那麼就得以說明這些記憶爲何如此模糊了。因爲影印的東西儘管印得再漂亮，也比原版眞本來得稀薄。

蒼子將貼著ＯＫ絆的左手伸到眼前。

可是，自己明明是個活生生的人啊。不是幻影，也不是影印紙。受了傷會流血，而且也結了婚，還擁有戶籍呢。

「戶籍……」蒼子低聲呢喃。

對哦，還有戶籍。同一個人的戶籍不可能有兩個。去查一查戶籍，或許能查出什麼。

想到這裡，聽到外頭有腳步聲逐漸接近，蒼子反射性地將伸直的腳收回來。

隨著玄關的開門聲，傳來一聲河見心情頗好的「我回來了」。

「你回來啦！」

河見探頭往房裡看的時候，幾乎同時，蒼子正好站起來。

「回來得好早哦。」

「哦，我買蛋糕回來囉，蛋糕！」

語畢，河見把一個像聖誕節蛋糕那麼大的盒子遞給蒼子。以前，蒼子說她喜歡吃巧克力蛋糕，河見就假裝順便似的買回家。他的好意讓人很感動，但是他買回來的是一整個圓圓的大蛋糕。而他自己絕對不吃甜食，因此蒼子非得一個人全部吃完不可。有一次，她吃不完想拿去丟掉，被河見撞見，還被他狠狠地毒打一頓。

當她內心厭煩地低頭盯著大蛋糕盒子，河見看見了她的手。

「奇怪？妳的ＯＫ絆好像多了一片？」

「嗯，又被菜刀切到了。」

「哎呀，小心點啦！妳說妳身體不舒服，是因爲這個關係嗎？身體不舒服的時候，不要勉強做家事。」

河見說著，將站在榻榻米上的蒼子抱過來。

「身體不舒服……是不是有小孩了？」

「不知道，不過好像不是。」

「這樣啊。不要硬撐，坐下來吧。剩下的我來做就好，知道嗎？」

河見輕輕吻了她的唇，脫下外套往廚房去。

蒼子看看河見的背影，又看看手裡的蛋糕盒。

結婚六年了，蒼子依然搞不懂，河見究竟是不是一個溫柔體貼的人？

蒼子任職的縫紉工廠，位於通往車站的老舊商店街裡。

雖然說是工廠，也不過是由普通住家改裝、擺了幾台縫紉機和剪裁案板的小型工廠。大約有十個人在這裡工作。除了廠長夫妻和繼業的兒子，其他都是兼差的家庭主婦。

蒼子從搬來這裡的那一年開始，便一直在這家縫紉工廠打工。當初是藉由徵人廣告看到這家工廠，第一次來這裡時的震驚和困惑，蒼子至今依然記得很清楚。

單身時代，蒼子曾經非常嚮往某個品牌。那個牌子的服飾都是天價，她還曾經狠下心來買了夾克和大衣，結果年終獎金全都泡湯了。這家縫紉工廠竟是那個品牌服飾的下游加工廠。與其說是開心，蒼子簡直是嚇昏了。即便是走在流行最尖端的高檔服飾，下游的加工也會發給市區裡的小工廠做，這一點蒼子是知道的。不過，萬萬沒想到，如今會爲了賺生活費而縫製自己嚮往的名牌服飾。

「河見太太，差不多可以下班囉！」

廠長以一如往常的溫和語調，對正在踩縫紉機的蒼子說。

抬頭一看，臉圓圓的廠長和掛在牆上的大時鐘同時進入眼簾。枯燥無味的圓形數字時鐘，指著五點十分。

「好……可是，今天我老公比較晚回來，我再做一會兒吧。」

「妳還眞是勞碌命啊。也好，不過不要做得太晚喔，其他的太太都已經回去了。」

無論工廠的財務狀況多麼窘迫，打工的主婦們四點一到一定準時下班。就蒼子來說，河見上早班早回的時候，無論如何無法加班，所以也沒有立場責備她們。

「這是下個禮拜要出貨的吧。不趁著能做的時候多做一點的話，廠長又得熬夜燙衣服了。」

蒼子這麼一說，廠長笑逐顏開。

「會幫我想這麼多的人，只有妳一個啊。」

蒼子默默地微微一笑，廠長將拿在手上的茶色信封袋放在縫紉機旁。

「至少發薪水的日子，趕快把工作做一做，去逛街買東西吧！」

逛街買東西，這種硬掰的說法很可笑，蒼子不禁噗嗤笑了出來。

「好，那就這樣吧。」

「下個月也請多多幫忙哦。」

蒼子將工作做到一個段落，走出工廠，外面的暮色已經很深了。走在明亮的商店街上，小菜的香味陣陣撲來。她進入一家速食店，買了咖啡和漢堡，坐在靠窗的位子上，從皮包裡拿出薪水袋。

撕開封口，數一數裡面的現金。確定金額和信封上寫的一樣之後，又將現金放回袋裡。

十點到四點，而且每個禮拜只有四天，不是什麼大數目。她想多做一點工作，但河見不允許她做更多。河見原本不希望老婆出去工作，但是，他每個月得寄錢給住在久留米的父母，加上買車的錢也還沒還清，唯一的興趣釣魚不打算戒掉。因此，光靠他的薪水，別說存錢，有時連房租都付不出來。因爲他自己沒出息，後來才勉強答應蒼子去外面工作。

而蒼子本身，不管是什麼原因，只要能出去工作就覺得很慶幸。

她很喜歡現在的工作。

廠長一家人成熟穩健、待人親切，打工的同事們也都開朗健談。蒼子非常受到大她十歲以上的婦人的疼愛，因爲她們不管發什麼牢騷或說什麼八卦，蒼子都會笑咪咪點頭聽她們說。最重要的是，蒼子喜歡洋裁，而且是一份能夠縫製自己心儀品牌服飾的工作。就目前的經濟狀況而言，沒有能力買這個品牌的服飾，但是可以買便宜的布料，模仿它的設計，自己做來穿也是一種樂趣。

蒼子打開漢堡的包裝紙，兩手拿著吃了起來。由於河見非常討厭這種垃圾食物，她非得一個人的時候才能進這種店。蒼子彷彿偷買了什麼東西來吃的小學生似的，一個勁兒地笑了起來。

河見上晚班的時候，蒼子下工之後總會到處走走逛逛。只是吃吃漢堡，逛逛超市的婦女服飾賣場，就讓她覺得非常開心。回家之後到河見歸來前的幾個小時裡，她就悠悠哉哉地看看電視或翻翻雜誌。

吃完漢堡走出店外，想到每個月固定買的女性雜誌正是出刊的時候，於是她走向書店。商店街的小型書店架上，幾乎被雜誌和漫畫佔滿了。蒼子非常難得地駐足在寥寥可數的新書專櫃前。

她拿起一本翻譯書的單行本。看了一下封面的書帶，原來這是以前和河見一起去看的電影的原著。當初河見很誇張地說，這部電影太恐怖了，早知道就不來看，但對蒼子而言，它卻是一部很有趣的電影。這本書的價錢可以買三本文庫本，蒼子不禁有點猶豫，結果她放棄買雜誌而買了這本書。

回到家後，蒼子泡了茶，立刻開始閱讀。或許是看過電影知道故事的大概，那些塞得密密麻麻的文字，竟然能以驚人的速度流暢地看下去。

看到脖子和腰有點痠，蒼子才從書本裡抬起來頭。看了一下電視上的鬧鐘，才知自己已經整整看了兩個小時的書，令她大吃一驚。

雙頰上依然殘留著沉醉於閱讀的興奮之色，蒼子闔上書本，緩緩地轉動頸子。

蒼子心想，好久不曾如此專心地看一本書了。仔細想想，好像結婚之後就沒有好好看過一本書。單身時代，話題新書她多少都會看一下，也經常去電影院看電影。如今，看電影也只是一年去個一次而已。

穿衣服的品味應該一直沒變才對，然而仔細想想，如今她已經不買時裝雜誌了，大概只剩報導演藝圈八卦的女性雜誌會稍微翻一下。

她心想，爲什麼以前喜歡的事物，現在都變得興趣缺缺？沒錯，迫於生活所逼是事實，然而那些喜好的事物，只因爲這個理由就能簡單忘卻嗎？蒼子納悶地歪著頭。

爲什麼會忘記呢？

還有，爲什麼會突然想起來呢？

蒼子將手肘支在暖爐兼用的矮桌上，緩緩地環視屋內。

這間房子也是一樣，蒼子心想。

剛搬出老家的時候，住的也是這種舊式公寓，當初她花了許多心思把家裡布置得有品味一點。窗簾和電器用品的墊布，也不是那種低俗的花色，都是非常雅緻優美的。就算是河見不曉得去哪裡拿回來的東西，那個放在玻璃盒子裡的藤娘[1]絕對不肯擺出來，可是現在卻擺在衣櫃的上面。蒼子抬頭看著衣櫃上的人偶娃娃。

如果沒有河見，我就能活得更自由。

最近蒼子經常這麼想。如果沒有河見，就能當上那家縫紉工廠的正式員工，可以做更多更多的工作。而且，可以在想吃的時候吃自己喜歡的東西，自己賺的錢也可以拿去買自己喜歡的東西。可以去看電影、可以看書、可以去喜歡的地方旅行。

想著想著，蒼子覺得有點不可思議。

爲什麼？爲什麼以前不會這麼想呢？河見在婚前就是這種個性，過了幾年也一點都沒變。自己也明知他這種個性而跟他結婚的，婚後六年之間，對他也沒有什麼特別不滿的地方呀。

爲什麼呢？

爲什麼以前不以爲意的事情，到了六年後的今天，會突然湧現不滿的情緒呢？從東京來的另一個蒼子說，她結婚的時候，爲了要選佐佐木還是河見煩惱得要命。佐佐木這個人她是記得，不過自己究竟愛不愛他就沒印象了。

仔細想想還眞是奇怪。河見求婚的時候，自己的確一度拒絕他，之後感到強烈的後悔，最終還是決定跟河見走。爲什麼明明不是那麼愛佐佐木，當初會拒絕河見的求婚呢？又爲什麼已經拒絕的事情後來又撤回呢？蒼子怎麼想都想不透。

她竭盡所能地想憶起往事，頭又開始陣陣作痛。蒼子按著前額搖搖頭。

爲什麼會跟河見來到九州呢？又爲什麼以前毫不猶豫地照顧河見的生活起居，還去工廠打工，只要河見的父母一叫，就算悶悶不樂也會到婆家去幫忙做家事、聽兩個老人家發牢騷呢？

蒼子想起那個長得跟自己一模一樣、連名字都一樣的女人。

她擁有自己以前苗條的好身材，即使穿著T恤和牛仔褲也顯得清爽無垢，身上沒有生活瑣事的味道，看不起來不像二十九歲。簡直像個女大學生，精力充沛。

那天晚上，並肩走在通往車站的路上，她還開心地聊起東京的生活。問她有沒有小

藤娘：歌舞伎的人偶娃娃。

孩，她回答得很乾脆，不想生。

蒼子非常羨慕另一個蒼子。

她絕不認爲自己的婚姻是不幸的。眞要說的話，她甚至認爲自己應該屬於幸福的那一類。

雖然河見有時會暴力相向，但平常對她非常溫柔體貼。當兩人一起出去喝酒，或是他帶她去參加店裡組隊的壘球大賽時，她眞的由衷感到幸福滿足。河見的爸媽雖然有時講起話來尖酸刻薄，但她認爲基本上他們對她是抱持好意的。況且她打工也很開心，蒼子很喜歡這個具有庶民風情的城市。

不過，她還是很羨慕在東京生活的另一個蒼子。

蒼子察覺到，過去的確有另一種人生、另一種選擇。但是拿走那個「芽」的不是自己，而是另一個自己。

想到這裡，蒼子感到有點氣憤。因爲換個角度來看，跟河見在這裡的生活，可以說是東京的蒼子硬塞給她的。就好像有兩輛腳踏車，那個人先把嶄新亮麗的給騎走了，自己只能很無奈地騎著老舊生銹的腳踏車走在人生的道路上。

薄牆的另一邊，鐘擺時鐘響起，敲了十一下。

一個人的輕鬆時光就快結束了。蒼子感到積壓在內心深處的憂鬱，愈來愈沉重。

河見晚歸的時候，經常帶著一身酒氣回來。喝醉酒的河見，簡直變成另一個人，這才是眞正的分身吧。

平常河見在蒼子面前不講博多腔，喝醉酒就用博多腔大吼大罵，蒼子曾經被他罵得抱膝落淚。萬一一個不留神，說話有什麼閃失的話，河見一巴掌就過來了。然而，蒼子爲何不痛恨河見呢？可能是酒醒後的河見會可憐兮兮地向她道歉吧。

儘管知道他沒有惡意，但一想到要迎接酒醉回家的河見，心情就變得沉重無比。酒醉的河見，無論她怎麼拒絕總會向她求歡。與其喝得醉醺醺回來，蒼子寧願他爛醉如泥倒臥在外頭。

河見一直想要個孩子，但結婚六年了，蒼子依然無法懷孕。河見的母親經常爲了這事對蒼子冷言冷語。然而儘管被婆婆說「連傳宗接代的小孩都生不出來的女人，早知道就不該娶進門」，蒼子也不會特別感到難過或憤怒。

蒼子並不是那麼想要小孩。她覺得生不出來就不要生吧，因此排卵期前後總儘量不讓河見碰他。但是，想如願地保護自己是不可能的，面對醉醺醺的河見，什麼理由都行不通的。

因此，總有一天會有小孩吧——儘管這六年來蒼子未曾懷孕過。

蒼子拿起遙控器，打開電視。螢幕上出現銀座的街景，有個年輕女孩對著麥克風侃侃而談心目中的理想婚姻。

看著這個狀似愉悅侃侃而談的粉領族，蒼子想起了佐佐木蒼子。

蒼子心想，她大概也像電視裡這個女生吧。

被採訪的女生答道：「爲了讓人生過得更爲充實，或許不要結婚比較好。」嘴角浮現的笑意，彷若另一個蒼子。

蒼子心想，所謂的悠閒自在，指的就是這樣的人吧。未來的人生裡，她可以做她想做的事，不會被任何人或任何事物阻擾，想要有什麼人生都是可能的。

然而蒼子的人生，已經是可以預期的。

總有一天會生河見的小孩，在養兒育女中逐漸老去。倘若無法生個一男半女，也無法逃離河見的身邊……想到這裡，蒼子不禁輕聲喟嘆。

就在此時，電話響起。蒼子驚懼地回頭看著電話，身體微微顫抖。

頓時她的腦海中閃過一幕景象，大約半年前，酒醉的河見和路上擦身而過的上班族大打出手，警察還打電話來叫她去警局把老公領回去。蒼子心想，說不定河見又幹了什麼好事。

「請問，妳是河見蒼子嗎？」

話筒裡傳來女人猶豫閃爍的聲音，蒼子一時聽不出是誰的聲音。

「前些時候我們見過面，我是佐佐木蒼子。這時候打電話給妳，眞的很抱歉。」

原來是她，她的聲音聽起來不像自己的聲音。

「哦，嗯，妳好嗎？」

蒼子不知道該說什麼，有點支支吾吾的。

「有件事想跟妳商量，不過說提議比較恰當，希望妳聽了不要生氣，是這樣的……」

她在電話那頭快速地說明著，蒼子只是愣愣地聽著。

當蒼子歪著頭開始在想，她到底想說什麼呢？此時另一個蒼子這麼說：

「只要一個月就好，我們來交換生活怎麼樣？」

ブルー
もしくは
ブルー

the blue or the other blue

蒼子A

講到一半，電話被掛斷了。我皺著眉頭將無線電電話子機放在床上。

看來是講到一半的時候河見回來了，她匆匆丟下一句「明天再打電話給妳」就掛了電話。我噘著嘴念念有詞：幹麼這樣急著掛電話呢，有什麼關係嘛。

「家庭主婦眞麻煩啊。」

這樣叨念著站起來的時候，意識到自己也是個家庭主婦。不過，不論我跟誰講多久的電話，我老公也不會責罵我。剛結婚的時候，我還認爲這是他心胸寬大之故，現在想想還眞可笑。

其實他根本不關心我。結婚一年後，我才發覺這個事實。無論和誰結婚，他一定無所謂吧。

我趿著拖鞋、穿著睡衣走向廚房。用微波爐熱牛奶、倒入咖啡利口酒後，端著熱牛奶杯回到自己的房間。前些時候還只穿著一件背心過日子，現在單穿睡衣竟然覺得有點冷，不知不覺中季節也有了變化。我從衣櫃裡拿出開襟毛衣披在身上。

老公還沒回來。我也不曉得他今晚會不會回來。坐在床上，我小口小口地啜著加了利口酒的牛奶。我已經習慣孤單一人的夜晚。

喝著牛奶，望著滾落在床上的電話子機。倉皇掛掉電話的河見的妻子，現在大概忙著爲老公準備消夜吧？

「……那個人，眞的存在耶。」

我自言自語，啜著熱牛奶。

另一個我，眞的存在於這個世上。這已經成爲鮮明而眞實的感覺，殘留我心裡。

那晚在福岡發生的事，如夢似幻，我一直很難相信那是眞的。竟然還有另一個不論長相還是身材，甚至連名字、出身背景都一樣的人存在，這種天方夜譚般的事，教我怎麼相信呢？不過，我手中留著一張便條紙。我拿起這張便條紙仔細端詳，上面寫著福岡市開頭的地址和電話，還有叫「河見蒼子」的名字，連字跡都和我十分相似。

然而我也想過，或許根本沒有這個電話號碼。我懷抱著這樣的期待和不安，毅然地撥打電話。

結果她眞的在。

另一個蒼子，眞的在博多生活著。而且，她還跟河見結了婚。

宛如中了邪似的夢中記憶，輪廓卻十分鮮明。這不是夢。有個名字、出身背景、長相都和我一樣的人，眞的存活在這世上。

這種眞切的感覺，沉重而痛苦地充塞在我胸口。

另一個做了正確選擇的我，在另外一塊土地上過著幸福快樂的生活。這種事不知道就罷了，可是偏偏讓我知道了——另一種人生，而且是正確的人生，正在別的地方進行著。

我做了錯誤的選擇，我被美麗的外表所騙，選擇了一輛有缺陷的車子。而另一輛布滿塵埃的車子，才是能舒適地奔馳在人生道路上、性能優越的車子啊。

在一片死寂的單人房間裡，突然「嘩啦」一聲傳來開鎖的聲音。我回頭看著房門，那是大門的鎖被打開的聲音。接著，傳來老公穿著拖鞋走進玄關的聲響。腳步聲通過我的房前，往客廳的方向消失。

究竟要不要出去呢？我猶豫不決。我們早在好幾年前就分房睡了，有時候一個禮拜以上都碰不到一次面。說到這個，上次見到佐佐木是什麼時候？我甚至無法立刻想起來。

猶豫的結果，我站了起來。拿著喝空的杯子走到走廊上，探頭往客廳一瞥，看見佐佐木站在廚房吧檯前的背影。

「你回來啦。」

出聲打了個招呼，他回頭往這裡看，左手拿著平底鍋。

「哦……妳起來啦？」

佐佐木依然一身白襯衫打領帶的裝扮，有點難為情地微微一笑。

「肚子餓啊？跟我說一聲嘛，我做給你吃。」

「我不想吵醒妳。」

看到他從塑膠袋裡拿出冷凍炒飯，我往沙發坐下。佐佐木連做飯都不期待我做。

打開電視靜靜地坐著，聽到吧檯後面傳來炒飯的聲音。接著佐佐木拿著一盤炒飯和啤酒往這裡來，坐在我的斜對面，一邊看著電視體育新聞，默默地吃他的炒飯。他拿來的杯子只有一個。大概他已經無法生出「一起喝啤酒」的念頭了吧。

「工作很忙嗎？」

玩「沉默遊戲」輸的人是我，每次都是我輸。佐佐木一語不發，既然他不想講話，當然我也靜默不語，然而我終究耐不住沉默。

「也沒有那麼忙啦。」

眼鏡後的瞳眸柔和地瞇成一條線。但是我知道那樣的溫柔其實是他裝出來給我看的。

「既然沒那麼忙，還要繼續住在外面啊？」

我沒有挖苦他的意思，卻不小心說出這種帶刺的話。當然，佐佐木沒有回應，充耳不聞地把杯裡的啤酒喝光。

「我看，你乾脆搬去那裡住吧？我不會阻止你的。」

如果是往常，我不會對靜默不語的佐佐木連發兩次尖酸刻薄的重砲。不過，我今天心情特別惡劣，無法控制自己的情緒。我狠狠地瞪著他看著電視的側臉。

「你有沒有在聽啊？回個話會怎麼樣？」

「我要睡了。」

佐佐木拿著杯子站了起來。我快要哭出來了，連忙叫住他。

「喂，等一下！爲什麼你不肯跟我說話呢？」

「說什麼？」

他那故作糊塗的語氣，使我怒火中燒！

「如果你想離婚就離啊！你不是很愛她嗎？爲什麼不離婚呢？」

佐佐木終於把視線轉回來看我，然後沉靜地說：「妳眞的想離婚嗎？」

被他直直地凝視著，我有點不知所措地低下頭。

「想啊。」

「那，妳把離婚協議書寫好拿給我。」

他的口氣雖然柔和，眼神卻是認眞的。我突然雙腳發軟，跌坐在沙發上。

我咬緊顫抖的嘴唇，聽著他離開客廳的腳步聲。原來他早就算準了，他知道我並不是眞的想離婚。他知道我沒有勇氣捨棄這種生活，獨自一個人活下去。

佐佐木外面有女人。

那個女人，我曾經見過一次。那是和佐佐木結婚一年左右，在一個很偶然的機會裡遇見的。

偶然眞的很恐怖。先前我爲了打發時間去烹飪教室上課，那個人也在同班的學員之中。下課之後，偶爾和她兩人單獨去喝杯咖啡。當然，我萬萬沒想到她就是我丈夫的情婦。

當我報上姓名之際，她突然臉色發青，喃喃地說：「沒想到妳是祐介的太太。」還打翻了水杯。她這一驚似乎非同小可，驚懼害怕之餘，終於一五一十地道出眞相。

她比我大兩歲，而且也已爲人妻。不過，她看起來不那麼成熟，倒比較像年輕女孩。宛如少年般地留著極短的頭髮，穿著清爽的棉質T恤，完全沒有令人難以招架的女人味。

她說，她和佐佐木是青梅竹馬的朋友。從小時就是一對戀人，後來發生很多事情分手了，於是她自暴自棄嫁給了別人，但是婚姻也不太順利，現在處於分居狀態。她鉅細靡遺地說明種種狀況和緣由，可是卻又忽左忽右地跳來跳去。反正就是兩個相愛的人，因爲一點陰錯陽差而分手了，結果雙雙跟別人結了婚，現在陷入泥沼狀態中。

那個時候，我正爲佐佐木的態度傷透腦筋、百思不解，搞了半天原來是這麼回事，終於有點明白。佐佐木不是因爲愛我而跟我結婚，而是爲了想忘記她而利用了我。

最後，那個女人在咖啡店裡抽抽答答地哭了起來。末了還低頭懇求我，說她不會妨礙我們夫妻倆，請我同意她繼續跟佐佐木做朋友。

現在回想起來，當時我應該責備佐佐木才對。可是，我沒有辦法當面指責他。因爲我有所畏懼，如果抓著他的痛處指責他，我怕他會乾脆離開我，轉而去找那個女人。於是我選擇睜一隻眼閉一隻眼，懷著天眞的期待，幻想事情總有一天會落幕。我也害怕主動挑起爭吵。

然而，這卻使得他們兩人更毫無憚忌地會面。佐佐木愈來愈頻繁地外宿，而且連說都不說一聲，我終於忍無可忍，找徵信社調查他的行蹤。結果查出他總是儘量找時間去那個女人的家裡。

儘管如此，我們依然是夫妻。佐佐木可能自覺到自己的自私任性，沒有擺明地說想跟我離婚。我也無法下定決心跟他分手。雖然自己也覺得很窩囊，但也只能對他冷嘲熱諷，說些尖酸刻薄的話。

有一段時期，我的確考慮過離婚，並意識到非找到一份工作不可，於是到百貨公司上班。後來，在職場上交了男朋友、認識了玩樂的朋友之後，就覺得和佐佐木形同陌路的婚姻生活其實也不是那麼可悲，於是也就認爲沒有必要急著離婚了。反正佐佐木會給我生活費，又不會限制我的自由，往在市中心的高級公寓裡過著愜意自在的生活，還交到了新的男朋友。對於這種狀況我還頗爲滿意。

但是，藉由金錢和外遇轉移注意力的生活終究讓我感到空虛。

我眞正想要的，不是新的男朋友也不是自由自在的生活，而是「另一個我」所擁有的踏實生活——被心愛的人疼著，然後生兒育女、攜手偕老。我要這種踏實認眞的人生。

我非常嫉妒在福岡遇見的另一個我。因此，我才會撒謊，說現在過著幸福快樂的生活。她看起來真的很幸福，我無法跟她說我過得很不幸福。

只要一次就好，我希望能品嘗一下平凡而認真踏實的幸福感。選擇了錯誤人生的我，真的很想知道正確的方向究竟是什麼滋味。

一個人無法擁有兩種人生。然而，不曉得為什麼，我被賜予了這種機會。在河見的身旁生活。

光想到這個，我就興奮激昂，一股期待和不安壓在胸口。

我不是想把她的生活據為己有，我只是想體驗一下和河見的生活，只要一次就好。

突然意識到自己的高亢興奮，不禁抱膝輕嘆。

當我戰戰兢兢地提出要不要交換一個月的生活試試看時，她突然沉默了半晌。後來支支吾吾地說：「說不定也滿有意思的。」她嘴裡這麼說，但反應有點遲鈍。或許明天她會打電話來拒絕吧。仔細想想，博多的蒼子過著幸福美滿的生活，根本沒必要跟別人交換身分，去體驗什麼不同的人生吧。

於是我告訴自己，別抱太大的期望。我熄掉客廳的電燈，回到房間。窩上床後，緊閉雙眼，強迫自己一定要睡著。

翌晨，我被床頭的電話鈴聲吵醒。反射性地看了一下枕邊的時鐘，快十點了。
「一大早的，誰打來的呀……」
正犯著嘀咕的時候，想起可能是「某人」打來的，連忙起身接電話。
「妳好……我是河見。」
話筒彼端傳來她膽怯害怕的聲音。
「哦，早安。」
「妳還在睡覺啊？我把妳吵醒了吧？」
「沒有，沒關係。我已經起來了。」
我拚命裝得很有精神，想掩蓋剛睡醒低沉沙啞的嗓音。
「是這樣的，關於妳昨天提的事……」
她的聲音被車子的轟隆聲蓋過，大概是從公共電話打來的。
感覺好像快要掛斷了，我努力發出明朗的聲音。
「嗯，沒關係啦。我仔細地想了一下，也覺得這樣實在太離譜了。」
「會很離譜嗎？妳眞的這麼認爲？」
「啊？」
「我想了一個晚上……我們不妨試試看吧？反正我們兩個長得像雙胞胎一樣，暫時互相交換生活過過看也滿有意思的呀。」

我懷疑我的耳朵。眞的萬萬沒有想到，她竟然這麼輕易就答應了。

「眞的嗎？」

「嗯。不過，實際上該怎麼做才好呢？儘管我們對彼此的事情非常了解，但是結婚之後的事，根本一無所知。」

「這只要彼此說一說就知道了啦。」

「說得也是哦。」

「總之，我們見個面再說吧。」

我樂昏頭了，趁勢說出這句話，她在電話那頭沉默了半晌。

「可是，我沒辦法去東京，河見不可能答應我在外面過夜。」

「這樣啊，那我去找妳好了。啊，對了，廣島呢？廣島就沒有那麼遠了吧？」

「廣島？爲什麼？」

爲什麼我會說出廣島這個地名，她似乎有點摸不著頭緒。

「就是爸爸住的地方啊。還是說，妳爸爸住在別的地方？」

我一直在想，最近要去一趟爸爸住的廣島，所以乾脆選在那裡見面。

她沉默了片刻，喃喃地說：「爸爸，在廣島啊……？」

「難道妳不知道嗎?」

「嗯。因爲,從那之後,我就沒再見過他了。」

她說的「從那之後」是什麼時候的事呢?我馬上就反應過來了。十八歲的時候,跟爸爸大吵一架離家出走。從那之後,我一直不理我爸爸。不過結婚畢竟是大事,我曾經打電話給他,請他來參加婚禮,但也幾乎講不到兩句話。

「結婚的時候呢?妳沒有跟爸爸聯絡嗎?」

我這麼一問,她立刻答道:

「沒有。就是下定決心不把那個人當父親了,才離家出走的不是嗎?」

「說得也是啊。」

我和她,兩人都在電話的一頭默默無語,我們咀嚼著同樣的痛苦回憶。

「佐佐木太太,妳有跟爸爸聯絡嗎?」她出聲問。

「他來參加過我的婚禮,之後就沒聯絡了。」

「這樣啊,他好嗎?」

「還是老樣子。」

「像一隻犰狳[2]?」

「對,像一隻犰狳!」

說著，我們倆不約而同地放聲大笑。以前我曾經私下這麼叫他。

「可是，爲什麼在廣島呢？他調職了嗎？」

「就是那個後母的娘家啊！她說老爸當上班族頂多也只能升到課長，叫他乾脆去繼承她娘家的五金行。」

「眞的很像老爸的作風。」

「就是啊。」

笑完之後，她這麼說：

「其實，我已經不那麼恨他了，不過除非萬不得已，我不想再見到他。」

「我也一樣啊，我也不想見他。」

「那，爲什麼事到如今，妳還要去看爸爸呢？」

她這個單純的問題讓我有點愣住了。

「我問妳哦，妳覺得我們眞的是同一個人嗎？」

「這個嘛……我也不知道。」

犰狳：哺乳動物名，全身被甲，口吻凸出，四肢強壯，腳特別短，遇強敵時躲入洞中或全身蜷成球狀以逃生。

「就是說嘛，我也是半信半疑。儘管名字和出身背景一樣，的確讓人覺得不可思議，但是我們是各自擁有軀體、過著不同生活的兩個人不是嗎？我倒覺得，把我們兩人看成一對雙胞胎還比較自然一點。我們又沒有親戚，出生時的事情只有老爸一個人知道，所以問他是最好的。其實我也不想見那個老爸，不過，說不定他知道什麼事情呀。」

她又靜默不語。

我總覺得，說是同一個人，她的反應又太遲鈍了點。我是那種反應很快、有話直說的人。而她，不論被問到什麼事，回應總是慢吞吞的。可能是在鄉下生活久了，個性變得比較悠閒鬆散吧。

「也對，那就去見爸爸吧。」接著，她吞吞吐吐地說，「下個禮拜，河見要去釣魚，會住在外面，那個時候可以嗎？」

「沒問題。我每天都很自由，可以隨時配合妳。」

「啊，不好意思，接下來我得去打工，沒有時間了。我再打電話給妳喔。」

語畢，她就把電話咔嚓一聲掛了。和昨天一樣，電話掛得有點粗魯沒禮貌，我不太高興地也掛了電話。

不過，這種些許的不悅立刻就消失了。

畢竟無聊又孤獨的日常生活，終於開始有了轉機。

我在床上沐浴著晨曦，伸了伸懶腰。

第二個星期，我出發前往廣島。

一直到出發前我還猶豫著要不要打電話給爸爸，說我要去看他，可是最終我還是沒打。我擔心萬一告訴他的話，或許他會溜掉，那就傷腦筋了。

坐在新幹線漫長無聊的時間裡，我儘可能什麼都不想。看看雜誌、吃吃三明治、聽聽隨身聽、打盹睡覺，可是儘管什麼都不想，父親的容顏還是彷彿趁著心思的空檔浮現腦海。

當時，婚宴一結束，父親逃竄似的立刻走人。我目送他的背影，在心中忿忿地說：「下次見面就是在你的葬禮上了！」要不是今天這件事，我根本不想再見到他。

與其去想父親的事，還不如想想另一個我吧。我努力轉移心思。

另一個蒼子，究竟懷著怎樣的心情前往父親居住的城鎮呢？如果她是我的分身，想必也抱著厭煩難耐的心情吧。

不過她的情況還好。畢竟她得到了來自他人的愛情，而這是她衷心企求的。而我，不論是親人還是他人，都將我推開，棄我不顧。原本打算什麼都不想，卻想了一堆事情，想到煩躁不堪。我懷著憂鬱的心情下了新幹線。

我事先在市中心的飯店訂好了房間，打算在那裡和她碰頭。距離約定的時間還有一個多小時，我決定逛逛附近的百貨公司。

從地下美食街到一樓的皮包飾品，愈往上層，服飾也愈高級。我知道這裡賣的東西和東京沒啥兩樣，但既然來到陌生的土地，總要逛逛百貨公司和大型購物商圈。而習慣上我總是由地下往上走，最後逛到屋頂的寵物用品區，坐在外頭的長椅上休息。

沿著這樣的路線來到屋頂，迎面而來的就是一股嗆鼻的動物氣味。果然沒錯，這裡有寵物區。一個個堆疊的銀色籠子裡關著許多小狗，有的興奮地又叫又跳，有的則在睡覺。我在並排的籠子間遊走，看到一位長髮女子蹲在地上的水槽前。我頓時大吃一驚，因爲這個背影我見過。

我往她的身後走過去，看了一下她的側臉，果然是她。她伸出手指頭逗弄綠龜，發出咯咯的笑聲。我彷彿偶然撞見自己的女兒般，不禁會心一笑。

「蒼子！」

我模仿小孩的聲音叫她，她猛地站起身來回頭一看。

「啊，佐……佐佐木太太。」

「妳在做什麼？」

「妳不要嚇我好不好！啊，嚇死我了！」

她按著胸口，肩膀一上一下喘著氣，那模樣眞的很可愛。我不禁放聲大笑，被我這麼一笑，她也難爲情地笑了起來。

「沒想到會在這種地方遇到妳，妳很早就到了啊？」

她邊笑邊聽，接著點點頭說：「因爲我好久沒有一個人出遠門，實在太高興了，所以很早就來了。」

「結果來逛百貨公司？」

「這是我們的興趣啊，不是嗎？」

她在尋求我的共鳴，我聳聳肩。

「所以這不是巧合囉？」

「我也不知道。喂，妳渴不渴？喝點果汁吧！」

話才說完，她就飄著裙襬跑了出去。我目瞪口呆地看著她興高采烈的模樣。站在果汁攤位前揮手的她，眞的像個天眞的孩子。

平日的百貨公司屋頂，沐浴在秋陽下閃閃發光。綠色的人工草坪、紅色和黃色的兒童小汽車、藍天裡還飄著橘色的氣球廣告。在一片五光十色裡，卻靜悄悄地沒有聲音。雖然偶爾可以看見幼兒和母親的身影，但整個屋頂卻靜謐得讓人覺得不可思議。

我們坐在水珠模樣的凳子上。

「今天的天氣好好哦！」

她抬起下顎仰望天空。

「是啊。」

我喝著紙杯裝的可樂，輕聲答道。如果沒有什麼掛心的事，這的確是個盡情徜徉的好天氣。

「妳怎麼啦？一副無精打采的樣子？」她突然轉頭看著我問。

「妳倒是精神奕奕的嘛。」

「當然囉，我真的很久沒有來這麼遠的地方。」

「妳不出去旅行嗎？」

「說到旅行，自從蜜月旅行之後，就沒有過比較像樣的旅行了。啊，去年曾經跟河見去別府溫泉。」

我大概半年就會出去旅行一次，已經不曉得去過多少次海外了。我不禁暗忖，原來只是跟不同的人結婚，也有這麼大的差別啊。

「跟爸爸約幾點見面？在什麼地方呢？如果還有時間的話，就稍微觀光一下吧！廣島城好像很近吧？或者安藝的宮島？」

「我還沒跟他聯絡呢，等一下就打電話給他。」

「啊？還沒聯絡啊？」

「我怕事先跟他講了，他說不定會落跑啊！」

聽我這麼一說，她臉上頓時失去了笑容。「說得也是喔……」

看著悶悶不樂的她，我覺得我好像罵了小孩似的。

「別想這麼多了。趕快把討厭的事情辦一辦，找個地方好好玩一玩吧。好不好？」

我開朗地這麼一說，她用依賴的眼神看著我。然後，像孩子般地點點頭。

坐了JR又轉乘巴士，四十分鐘後終於來到父親居住的城鎮。靠著好幾年前的賀年卡地址尋找父親的家。後來在拱頂的小型商店街上，找到了那家五金行。悄悄往裡面探頭一望，看見身穿著牛仔布圍裙在看店的父親。

我和她走進位於商店街入口的一家咖啡店，從那裡打電話給父親。不直接去找他，而是把他叫出來，是因爲我不想見到繼母。

很幸運地，電話是父親接的，而不是繼母。得知我在附近的咖啡店，他有點可憐兮兮地不知如何是好，但還是回了一句「我馬上過去」就把電話掛了。

「結果怎麼樣？」

回到座位，她以擔心的口吻問。

「嗯，他說他馬上過來。」

「看到我們，他包準會嚇一大跳吧。」

聽她這麼一說，我微微陷入沉思。沒錯，原本只有一個女兒，現在突然增殖爲兩個出現在他眼前，平常就有點軟弱的父親可能會立刻暈倒吧。

「說不定一個人先躲起來比較好？」

「那，我去躲起來吧。」她不安地說。

她那副「如果有人要躲起來的話，當然是我」的態度，讓我微惱，但還是忍住牢騷沒發。我不喜歡她那種「什麼都交給我來辦的態度」，而且交給她做，我的確會感到不安。儘管是同一個人，她總讓人覺得靠不住。

「坐到後面去怎麼樣？」

我環顧四周，發現正後方那一桌沒坐人，於是如此建議。

「啊？」

「妳就和我背對背坐在那裡吧。這樣可以就近聽到我們說話，也不會被爸爸看到啊。」

被我這麼一說，她站了起來，坐在後桌背對著我，我則坐在面對入口的位置。這家咖啡店相當寬敞，但沒什麼客人，應該不會有人注意到我們詭異的行爲。

「怎麼樣？聲音聽得見嗎？」

背對著背，我試著出聲問她。

「沒問題，聽得見。好像在玩偵探遊戲，好好玩哦。」

她還眞是無憂無慮啊，我如此暗忖著，並從胸前的口袋裡掏出太陽眼鏡遞給她。她低低地竊笑幾聲，戴上太陽眼鏡。

此時，咖啡店的自動門開了。我看見父親鬼鬼祟祟地探頭環顧店裡。

「他來了喲！」

低聲地告訴後面的她之後，我舉起右手向父親示意。父親發現我之後，臉上蒙著一層陰霾向我走來。

「突然跑來，不好意思。」

我對著不發一語，在我正面對坐下的父親說。父親支支吾吾地不曉得在嘴裡念些什麼，除了有點發福，以及頭頂的頭髮顯得稀疏之外，其他都沒什麼變。一雙和動物園的熊一樣沒啥力氣的瞳孔，以及蜷縮的背一如往昔。

「好久不見了，你過得好嗎？」

「還好……妳過得也好吧？」

「嗯。」

這時女服務生過來點餐。點了飲料之後，父親依然頭低低地說：「既然要來，至少也先跟我聯絡一下嘛……」

「跟你聯絡做什麼？難道你們一家人會歡迎我住在你們那兒？」

不知不覺中，語氣變得頗爲強硬，我感到有點後悔。畢竟如今責備他也無濟於事。早在八百年前，我就已經對他不抱任何期待了才是。

「……對不起，我不是來挖苦你的。」

「不，沒關係。」

這時父親展露了笑顏。儘管笑得有點卑屈，但笑容就是笑容，讓我覺得稍微寬慰了一點。

他深知自己是個沒有自主動的人，卻絲毫不想改變。別人不加思索亂出主意，他也照單全收，一出事就縮回自己的殼裡去。宛如犰狳一樣，只會在一旁裝死，靜靜等待麻煩過去——他就是用這種態度過日子。

母親病逝之後，父親幾乎沒有照顧過我，下班回來後只會呆呆地盯著電視螢幕，從不打理三餐，也不幫我洗澡，一直到我大到會打理自己的事之前，可以說都是靠著鄰居的主婦和學校老師的善心幫忙過活。幫我帶便當的、幫我買整套生理用品的，向來是父親以外不熟識的外人。

但是，我對那些親切照顧我的人卻從不覺得感激。每當他們說著「好可憐哦」，摸摸我的頭的同時，我就全身起雞皮疙瘩。與其被他們憐憫，我還寧願他們不要管我。

升上高中之後，我對父親已經不帶任何感情。儘管住在同一個屋簷下，也只是偶爾碰個面，至於錢都是擅自從父親的戶頭裡領出來。當時有朋友，也有男朋友的我，過著和別人相差無幾的快樂生活。

父親突然說要再婚，是我高三秋天的事。那天早上，我從自己的房間走到廚房，看到父親坐在桌邊啃著土司。只要父親早晨出現在餐桌上，就是有事要跟我說，於是我開口問他有什麼事，他低著頭這麼說：

「我決定要再婚。」

我驚愕不已，他接著繼續說，什麼他們一家人下星期就要搬到我們家來住，叫我跟他們和好相處。

突然被告知這種事，我頓時驚慌失措，聲色俱厲地破口大罵。然而不管我怎麼怒罵，父親都只有一句對不起。

到了下星期，如預告般地，後母一家人果真搬進我家。一個喋喋不休、濃妝豔抹的女人和兩個沒家教的小學男生，還有一個來幫忙搬家的男人——好像是那女人的親戚吧，人家又沒有問他，他竟然把我爸跟那個女人認識交往的經過都跟我說了。聽說那個女人在我爸常去的酒店工作，一個女人獨力扶養兩個小孩很辛苦，一直想找個像我爸這種有小孩的鰥夫。我爸被寄生蟲逮到了。

當我還在瞠目結舌、恍神之際，後母一家人已經大搖大擺地進駐我家生活。一開始我就警告她不要干涉我的事，但是說起話來面帶微笑卻竭盡尖酸刻薄之能事的後母，還有那兩個趁我在換衣服的時候偷跑進來的小鬼，把我的生活搞得烏煙瘴氣。我向父親抗議，但他也只是低聲地重複說著對不起。

猶如大軍壓境的後母一家人，很明顯地把我當作礙事者。對此，父親總是一副畏縮模樣，從來沒有出面保護過我。把這個家拱手讓給他們固然很嘔，但我實在無法跟他們生活在同一個屋簷下，於是我揚言離家出走。父親只說他會出學費和公寓的房租費，根本沒有挽留我。離家的那一天，當我拿著行李走出大門時，後母還很低級地笑著說：「隨時歡迎妳來玩哦！」就這麼一句話，我的家變成了她的家。就在那個當下，我下定決心，告訴我自己，這世上我已經沒有親人了。

「爸爸，我眞的是你的孩子嗎？」

就在回想往事時，我丟出了這個問題。仔細想想，父親對我實在太不關心了。如果我不是他的孩子，某個程度我還能理解。

面對我唐突的質問，父親眨了眨眼睛。

「……妳怎麼這麼問？」

「因爲……」

「因爲我從來沒有像個父親一樣地疼愛妳、照顧妳？」父親以微弱的聲調說。

「這也是原因之一……爸，告訴我，你有什麼事情瞞著我嗎？」

「我不知道妳爲什麼突然跑來，還問我這種莫名其妙的問題，不過妳的確是我的女兒。」

「我出生的時候，有沒有發生什麼奇怪的事？譬如說原本是雙胞胎，可是有一個被抱走了？」

突然沒頭沒腦地這麼一問，父親輕輕地笑了笑。

「妳在胡說什麼呀。妳媽媽就只生妳一個人。」

我咬著嘴唇低頭沉思。父親不是那種有膽說謊的人，倘若做了什麼虧心事，從他的表情一定看得出端倪。因此他說的應該是眞的。

「你不要生氣，聽我說哦。我問你哦，我出生的時候，你……你有沒有也跟別的女人生了小孩？」

父親渾濁的瞳眸直勾勾地盯著我。「出了什麼事嗎？」

「到底有沒有？你還記得嗎？」

進一步逼問，父親靜靜地搖搖頭。「怎麼可能有這種事呢！」

「可是……那，這個人是誰？喂，妳過來這裡！」
我回頭叫她。她慢慢地轉過頭來看我，接著起身，走到我旁邊。拿掉太陽眼鏡後，她的臉上一片慘綠。
「怎麼樣？這個人到底是誰？跟我長得一模一樣吧？連生日、名字、長相，所有的一切都一樣哦。這到底怎麼回事？知道的話，告訴我吧！」
父親目不轉睛地凝視著我，鬆弛的臉頰微微顫動，目光帶著恐怖之色。
「妳是怎麼啦？蒼子，妳得了神經病嗎？」
「啊？」
「妳叫我看誰啊？這裡根本沒有別人啊。」
「什麼嘛，老爸你才有神經病呢！那個人就在這裡啊！」
我抓起杵在一旁的她的手，搖了幾下。
「……喂，蒼子。」
父親嘆了一口大氣，用支在桌上的雙手捂著臉。
「是我不好。這一切都是我的錯，我向妳道歉。」
「爸爸……？」
「我跟妳媽是相親結婚的，並不是真的想和對方結婚。這一點，妳媽跟我都一樣。不過，不要責備我，那個時代就是這樣。」

父親依然捂著臉，聲音顫抖地說。

「第二次結婚也是，並不是我想結的。是她一直拜託我，我沒有理由拒絕，就跟她結婚了。不過，這樣也好。我希望能像這樣什麼都不用想的過活。我承認這不是一件好事。所以，能不能請妳不要再來煩我？」

我瞠目結舌地看著發抖的父親。

「……難道說，你看不見？」

「妳不要再挖苦我了，我想就這樣靜靜地過日子，原諒我。」

「你眞的看不見啊……？」

父親抬起臉，蹣跚地站了起來。他從褲袋裡掏出錢包，拿出裡面全部的鈔票往桌上一放。

「很抱歉，希望妳不要再來了。」

朝著舉步離去的父親背後臭罵的，不是我，而是她。

「誰要你的錢啊！不要瞧不起人！」

近乎嘶吼的怒罵聲，引來店員的側目。然而父親頭也不回地縮著背走出店外。

究竟是下定決心不回頭了？還是因爲看不到她，所以也聽不見她的聲音？我也不明白究竟是怎麼回事。

這天晚上，我和她在飯店地下樓的餐廳吃牡蠣火鍋。白天，邊哭邊罵的她，後來變得非常沮喪。我想給她打打氣，逛了觀光景點之後，提議去吃我們都很喜歡的牡蠣。

就這樣邊喝酒邊吃火鍋，原本臉色蒼白的她終於恢復血色。

「老爸眞的跟以前一樣啊。」她有氣無力地笑著說。

我停下筷子，看著她，表示我的歉意。「……對不起哦。」

「爲什麼妳要道歉呢？」

「因爲是我找妳來見爸爸的，卻什麼都沒問出來，還害妳這麼難過，眞的很抱歉。」

「道什麼歉嘛。要不是妳找我來，說不定我一輩子都不會再見到他了。而且，難過的不只我，妳也很難過吧？」

說著，她拿起酒壺向我勸酒。當她幫我斟酒的時候，我內心猶豫著，有一句已經到了喉嚨的話，不知道該不該說。

「不過，那眞的很恐怖，爸爸居然看不到我。」

她彷彿看透我的心思似的，把我憋在心裡的話說了出來。她帶著一臉清爽的笑容，猶如在閒聊天氣一樣。

「……說不定他只是裝作沒看見吧？」

「妳不用顧慮我。他那個樣子，是眞的完全看不見啊。」

「可是……」

顯而易見，她的不在乎是裝出來的。

「一定是因爲妳是本體，而我是複製的。我一定是個原本就不存在的人，說不定拍個手就會消失了呢。」她從煮得沸騰的火鍋裡撈起牡蠣說。

我說不出任何安慰的話語，輕輕地咬著嘴唇。「妳不要一臉難過的樣子嘛。」

不知道什麼時候，她分了牡蠣給我，放在我的小碟子裡。我收下她的好意，凝視著她。

「眞的很抱歉。」

「沒關係啦，妳不要再道歉了。」

看到她爽朗的笑容，我鬆了一口氣。如果由我來認定她是我的分身，我還是難免有點心虛，但如果由她主動承認的話，事情就好辦多了。

「不過話說回來，眞的很奇怪耶。爲什麼爸爸看不見妳呢？妳以前有過這種經驗嗎？」

「沒有耶。啊，小姐！」

她叫住正要通過桌子旁邊的女服務生，揮動空酒壺，請她再拿酒來。穿著和服的中年女服務生，寫完帳單後微笑地問：「難道妳們兩位是……雙胞胎嗎？」

我們同時抬頭看著女服務生。

「都已經大人了感情還這麼好，眞令人羨慕啊。」

語畢，這位親切和藹的女服務生又露出盈盈笑容，隨後轉身離去。我和她不約而同地噗嗤一笑。

「感覺好奇怪哦！」

「好像多了一個姊姊！」

我們互戳對方的肩膀，相視而笑。

「喂，我剛剛想到一件事。」

我彈一下手指說。

「什麼？」

「爸爸之所以看不到妳，我想可能是因爲這樣吧。假設我是本體，而妳是我的影子。當我們不在一起的時候，毫無疑問的誰都看得見，但是本體跟影子一起出現的時候，影子因爲本體的光線太強被遮蔽了所以看不見。」

聽了這番話，她納悶地歪著頭。

「現在，我們兩人在一起不是嗎？可是都有被看見啊！」

「所以說，當對方是同時認識我們的話，兩個人都看得見。如果先認識我的人，可能就看不見妳了。」

她含著筷子的末端，陷入沉思。

「妳還搞不懂嗎？譬如說，高中時候的朋友，或是我打工的百貨公司的人，他們說不定就看不見妳了。」

「……那，我搬去福岡之後所認識的人，他們就看不見妳囉？」

「這我就不知道了，我只是隨便猜想而已。」

聽我這麼一說，她又陷入沉思。我只是突然想起隨口說說，她似乎很認眞地在思索。

「別一臉這麼嚴肅的樣子嘛。我只是試著想歸納出條理來，事情到底怎麼樣，沒有人知道啊。」

「對了，我去查過戶籍。」這時，她突然改變話題。

「眞的啊？我也查過了耶！」

我們凝視著彼此的瞳眸。

「結果怎麼樣？」

我戰戰兢兢地問，她聳了聳肩。

「沒什麼奇怪的地方，遷入遷出的順序也對，日期也對。」

「我也一樣。」

接下來我和她互相比對在區公所變更住址的順序，結果是，從離開老家住進高圓寺的第一所公寓開始，一直到搬進大田區的套房爲止都是一樣的，之後的遷移地點就不同了。我搬到現在佐佐木的大廈公寓，她則遷移到福岡。從這時候起，本籍地也都變成夫家的所在地。

簡單地說，就是一個戶籍變成了兩張不同的戶籍。這種事情是不可能發生的，然而事實就是這樣。可能是當我們變成兩個人的時候，自然發生的吧？

「要不要仔細查查看？」她彷彿在窺探我的心思似的。

「……妳覺得呢？」

「我不太有興致耶。」

我點頭同意她的回答。如果眞的一起去區公所，請他們查個究竟，或許眞的能查出哪個環節出了問題。但是，我討厭被區公所的人問東問西，還會追問個人隱私。此外我也有預感，如果太過嚴肅地看待這件事，會走到無可挽回的地步。

「啊，時間這麼晚了，我該走了。」她看看手表，放下筷子。

「啊？妳打算回去啊？」

「嗯，因爲夜裡河見可能會打電話來。現在走的話，十一點左右就可以回到家了。」

「怎麼這樣？難得都來了，一起住一晚再回去嘛。妳平常不太能外宿不是嗎？對了，我來打電話給他好了。妳知道河見下榻旅館的電話號碼嗎？」

我這一番強勢發言，使得她稍稍面有難色。

「如果我們要交換身分，有很多步驟和細節都得事先弄清楚不是嗎？好啦，妳就住一晚吧。好不容易見了面，我們就聊到半夜吧。」

我自己也搞不懂，爲什麼要這樣死命地挽留她。只是，今晚我不想一個人過。孤單一人的話，我可能會哭。

「說得也是……那我就住一晚吧。」她微微一笑。

「眞的？」

「嗯。好久沒見到爸爸了，見了果然心情很差……我也想盡情地瘋一瘋。」

「就是說嘛，好好地瘋一瘋。好，我們去唱卡拉ＯＫ！」

「這個好，給它唱到死！」

說定之後，我們精神奕奕地站了起來。

這天晚上，成了高亢歡騰之夜。我們朝鬧區前進，卡拉ＯＫ一家唱過一家。不論進入哪一家店，人們都誇讚我們是雙胞胎美女，所到之處大受歡迎。笑到肚子抽筋，唱到聲音沙啞。

半夜回到飯店，我們輪流進浴室洗澡，互相幫對方吹頭髮。躺在雙人床上，看著無聊的深夜電視放聲大笑。

一直沒有親密友人的我，宛如有生以來第一次遇見了親密的人。

擁有同樣的不幸，追求同樣的幸福。

望著她開始打鼾的靜謐側臉，我的眼淚不禁撲簌簌地流下。

這是個我和我自己喝酒、我睡在我自己旁邊的眞實夜晚。

我們決定從這晚算起，四個月後的二月開始交換身分。

河見工作的餐廳，每年二月都會舉辦員工旅行。今年是爲期一週的澳洲豪華之旅。河見不在的這一個禮拜，我住進她家熟悉所有的細節，等河見回來那天她再前往東京。

在那之前有些事情非做不可，首先就是調整我們外觀上的差異。不過，那也只是體重和髮型而已，於是我幾乎不需多做什麼。倒是她得瘦掉七公斤，還要把頭髮剪得跟我一樣的長度。

我非做不可的是，把烹飪和洋裁的手藝找回來。每晚必須做飯給河見吃的她，和只是隨便弄點東西給自己吃的我，兩人的廚藝眞的差很多。此外，爲了代替她去縫紉工廠打工，也必須再度熟悉針線女紅。過去每隔幾年我總會爲自己做一件洋裝，由於是原本就喜歡做的事，一會兒工夫就把訣竅找回來了。

距離付諸實行的四個月裡，我幾乎足不出戶，靜靜地在家裡，照著她寄來的食譜一道道地燉菜、炒菜之際，自己彷彿成了即將和心愛的人結婚的待嫁姑娘。此外，面對滿桌的家常料理，佐佐木看得毛骨悚然、歪著頭的模樣也令我發笑。

閒暇之餘，我到處蒐購有關「分身」的書，鉅細靡遺地閱讀。然而相關的記述卻比我想像中來得少，而其中故事性的書對分身的著墨又比學術性的來得多。

而且幾乎每個故事都是預感死亡將至的哀傷故事。西洋古老神話裡說「和自己的分身相遇的人，死期將至」，看到這一段，我不禁闔上書本。

沒錯，我是心裡不安，但不可思議地，我並不感到恐懼。這一生，與其繼續過著孤獨的生活，我還寧願一個人體驗兩種人生之後再死。死亡確實很恐怖，但是，比起空虛而漫長的人生，我情願活在濃縮的時間裡。

跟她約定交換身分的時間爲期一個月。我盡可能不去想結束之後會怎麼樣。是有比現在更孤獨的日子等著我？還是死亡等著我？反正想破頭也不會知道，就乾脆不想了。

坐在沙發上發呆的時候，桌上的電話突然響起。我毫不遲疑地接起電話，最近的電話大多是她打來的。

「啊，蒼子嗎？」

出乎意外，是個男人的聲音。

「是我，牧原。」

「哦……」

「哦？好冷淡的回應啊。好久不見了，妳好嗎？」

「嗯，好啊，我很好。」

「最近怎麼樣？每天都做些什麼？」

聽著牧原開朗的聲音，我在內心盤算著，要把他當作聊天的對象嗎？還是不要算了？可是，我又想到和她交換身分的日子也近了。

「我手邊剛好有電影票，並不是想和妳重修舊好喲！只是想說我們差不多可以當朋友了吧。只不過看場電影而已，妳願意陪我去嗎？」

好久沒有聽到牧原的聲音了，突然憶起那段快樂的時光，想見見他的念頭不禁油然而生。但是，如果現在又和他熟起來的話，分身的她來到這裡之後，牧原說不定也會約她出去。並不是我不信任她，只是覺得不要惹麻煩比較保險。

「很抱歉，我拒絕。」

「好冷漠哦！只是看場電影有什麼關係呢？」

倘若沒有交換身分計畫，我可能會答應牧原的邀約吧。可是不行。雖然覺得有點可惜，不過對現在的我而言，和河見的真正幸福，比和牧原的單純散心來得重要多了。

「我交了別的男朋友了，你別再打電話來了！」

快速說完後，我故意粗暴地掛上電話。好像要甩掉他似的將視線轉離電話，用力咬著指甲。

這一天，終於到了。

我跟佐佐木說要去香港旅行，搭上飛往福岡的飛機。

二月的第一個禮拜。原本以為九州應該比東京暖和，不料福岡飄著細雪。

她來機場接我，我們宛如久別重逢的姊妹般開心地握著手。她還笑著說，她瘦了七公斤。的確，臉頰和下顎整個都瘦下來了。

到了她家，我不禁在這小小的公寓前停下腳步。她和河見住在這棟不曉得屋齡幾十年的老舊木造公寓的一樓。

她有點難為情地說：「破破舊舊的，嚇到妳了吧。」進到屋裡一看，雖然狹小老舊，但裝飾得滿漂亮的，我稍微鬆了口氣。

這天晚上，我嘗試做晚飯。明明是第一次來到這個家，但有趣的是，廚房什麼地方擺著什麼東西我大多能八九不離十地猜出來。我不禁由衷地嘆服，真不愧是分身啊。

接下來的幾天，她扮演河見的角色，我們過著實驗模擬的生活。宛如在玩扮家家酒遊戲，真的開心得不得了。

由於她的頭髮依然很長，決定剪成跟我一樣的短髮。她帶著我的照片去美容院，剪出來的時候真的怎麼看都跟我一模一樣。我們站在附近的櫥窗前看著照映出來的影像，異口同聲地驚叫：「好恐怖哦！」

最令人擔心的是縫製工廠的工作。

她畫了一張工廠內部地圖給我看，詳細地說明裡面的工作情形，還畫了打工主婦的人像速寫，告訴我她們的個性和應對方式。

來到福岡的第四天，我決定試著去工廠上班。我從來沒有這麼緊張過，懷著忐忑不安的心情打開工廠大門。

「早啊！」大家都以爽朗的聲音向我打招呼。我也面帶微笑地道早安。按照她交代的，我坐在最靠窗的縫紉機前，接續她未做完的短褲褲襬上折的縫紉工作。

同樣照她所吩咐的，到了十二點就拿出自備的便當，到工廠後面三坪大的房間去。主婦們七嘴八舌地圍著桌子聊天吃飯，我也坐下來一起吃，一邊笑咪咪地回應她們的八卦閒扯。

結束一天的工作走出工廠後，看到她躲在電線桿後面向我招手。她一把抓過我的手，開口就問：「怎麼樣？」

「嗯，應該沒有什麼失誤。」

「有沒有人懷疑妳不是我？」

「這個嘛，安全過關到可笑的地步，真的很有趣。」

我們像高中女生似的，拉著彼此的手嘰嘰喳喳地又笑又鬧。一整天，我持續處於緊繃的情緒之中，但不是那種討厭的緊張感。徹底冒充別人、騙過其他人，這樣的驚險刺激，給我未曾體驗過的快感。

縫製工廠的工作照這樣應該能順利過關，接下來只要不被河見察覺出來就完全過關了。關於河見的必要知識，她詳細地列在紙上給我。

河見旅行回來的前一天，窗外下著二月冷冽的雨。我和她窩進暖爐桌裡，聽著愈下愈大的雨聲。

「佐佐木太太，妳經常外宿啊？」

坐在對面的她問。我裹著她親手縫製的輕羽棉掛，蜷著身子支支吾吾地說：

「……嗯，是啊。」

「妳以前在廣告代理公司上班，從事那樣的工作，生活會變得比較不規律吧。」

她看著我寫的「佐佐木蒼子生活須知」，一邊這麼說。

「對不起。」

「啊？」

「好吧，我得跟妳講清楚才行。」

我將蜷縮的身子打直，十指交握在臉前。

「抱歉，我還有一些事情沒有寫進去。」

她睜大了雙眼看著我。

「其實，我老公很久以前就有女人了，他經常在她家過夜。」

「哦……」她沒有很震驚的樣子，歪著頭，接著笑咪咪地說：「那，妳也有男朋友吧？」

「啊？爲什麼妳會這麼問？」

「第一次見面的時候，妳說妳的生活過得很快樂呀，所以我想，妳應該也有好男人陪著妳才對。」

這是犀利呢？還是遲鈍呢？眞是令人墜入五里霧的發言。我的確有男朋友，但是我說我過得很快樂，單純只是愛面子而已。

「我就坦白跟妳說吧。」

「快說快說，反正我們又不是外人。」

暖爐下，她的腳伸了過來，我笑著輕輕碰觸她的腳。

「我是有男朋友，不過已經吹了。剛好是遇見妳的那一天分手的。」

「啊？爲什麼？」

「他的年紀比我小。剛開始我覺得他滿可愛的，後來慢慢地就膩了。」

她「嗯」了一聲，一臉不解地托著臉頰發呆，反應之遲鈍差點讓我發飆。

「那個人叫牧原，說不定他會打電話來……」

「說不定？那是要拒絕？還是答應他的邀約？」

她一副揶揄的神情瞅著我。

「嗯……」

「妳對他還有感情對不對？我來幫忙你們重修舊好吧？」

我瞪著她惡作劇的眼神。雖說是分身，但如果她被牧原搭上了我也會覺得不舒服。

「反正先拒絕他吧。到了春天，我會打電話給他。」

「ＯＫ，ＯＫ！」

我斜眼瞥了一下頷首的她，繼續看她寫給我的「跟河見生活的注意事項」。

倒垃圾的日子，婆婆來電時的對應須知，河見的晚班和早班，假日的休閒方式，從選魚的方法到洗衣服的方法，鉅細靡遺寫得非常仔細，比我寫的注意事項多出三倍之多。

看了之後我發現一件事。儘管我跟她生活形態不同，但卻有個共同點，我們都沒有眞正親密的朋友。她好像沒有什麼定期會跟她聯絡的朋友，這點我也一樣。辭掉百貨公司的工作，和牧原分手之後，就沒有人找我出去玩了。

對於交換身分這個企畫來說，清淡的人際關係是件好事，但我卻眞切地感受到，我的分身和我一樣孤獨。

不，我抬起頭。要是她沒問的話，老公的外遇和牧原的事情我應該能繼續隱瞞下去。換句話說，她也應該有什麼祕密才對。

「妳沒有什麼事情要坦白的？」

「我就知道妳會問這個。」

「是嗎？」

「我不想嚇到妳，所以一直沒說。」她故弄玄虛，賣了個關子，「遇到突發狀況，我會馬上哭泣。一邊哭一邊說我身體不舒服，大抵事情都能過關。還有，基礎體溫一定要記得量，排卵日絕對不可以做愛哦！」

這種露骨的言辭，頓時使我啞口無言。

「突發狀況？妳指的什麼？」

「也沒什麼啦……妳還記得吧？他喝了酒脾氣會變得很大。不過，沒什麼好擔心的，其實他是個心地善良的人。」

這時玄關的門鈴響起。她應了一聲「來了」隨即起身。她去玄關開門之際，我把暖爐的被子拉到下顎、蜷縮著身子。

突然覺得一股熱情好像被澆熄了一半似的，大概是因爲河見依然酒一下肚就會使性子吧。不過也罷，這我已經料到了。

她的聲音從玄關傳了進來，好像是保險員來拉保險。由於大門開著，寒氣也一路灌進屋裡。

此時，榻榻米上的電話響了。舊式的旋轉撥號電話，鈴聲響得特別擾人。很快地，她慌慌張張地回來了。

「拉保險的歐巴桑？」

「就是啊，死纏不休的，煩死了！」

「我去幫妳拒絕她。」

「嗯，謝謝妳。」

語畢，她脫掉厚厚的羊毛上衣。我也脫掉輕羽棉掛，改穿她遞給我的羊毛上衣。她去接電話，我去玄關應付保險員。

「啊，電話打完了？」

一個中年的歐巴桑保險業務員笑咪咪地抬頭看著我，前排的金牙顯得格外醒目。

我隨口應了一聲：「是啊……」

這個女人我見過。一張寬廣的臉配上誇張的鬈髮，感覺很像招財貓，還有她前排的金牙。

「這就是我剛才向妳推薦的保險說明書，每隔兩年都會發祝賀金[3]呢，也可以將這筆錢轉入保險費裡面哦。」

我張著嘴，愣愣地看著這個保險推銷員。

就是她！第一次來福岡的時候，曾在飯店附近詢問哪裡有書店，她就是當時那個長舌歐巴桑。

我內心驚慌不已，看著以略帶生硬的標準語講著話的歐巴桑。接著，我突然想到一件事——

我比她更早見過這個歐巴桑。如果我跟她一起出現在這個人面前，這個人會看到什麼呢？

我決定實驗看看，於是往房裡出聲叫喚。

「蒼子，電話講完了嗎？」

她從裡頭傳來悠哉的語調說，講完了。

「妳過來一下！」

拉保險的歐巴桑詫異地看著我。不久，她從拉門那邊探身走出，看到拉保險的歐巴桑還在門口，嚇得駐足不前。

「有人在家啊？」

歐巴桑問，踮起腳尖拚命想往裡面看。

「……妳看不見那個人嗎？」

我把手臂直直地伸出去，指向杵在那裡的她。歐巴桑的臉上蒙上一層驚恐之色，隨後，生硬地勉強笑了笑，逃命似的跑掉了。

我想知道在什麼狀況下別人看不到她，硬是把意興闌珊的她拉出來做實驗。外頭下著傾盆大雨，我還強迫她出來做實驗，其實來自一種恐怖，我怕我也陷於有些

祝賀金：又名生存保險金，或生存給付金。在保險契約生效後若干年起（年數依契約不同），被保人若依然健在，保險公司為表祝賀，會定期發放祝賀金。

人看不見我的狀態中。

我們搭巴士到有點距離的地方，首先我到一家香菸店買用完即丟的打火機，爲了挑選顏色故意猶豫了十分鐘左右，好讓香菸店的老闆記住我的長相。接著，過了一會兒，我們兩人一起進入那家店。結果老闆帶著調侃的口吻說：「妳還是想要其他的顏色啊？」視線完全沒有移向站在我旁邊、跟我長得一模一樣的女人。他沒有看見啊。

接著去鄰近的藥房，做法和剛才相反。由她一個人先進入店內，然後我再進去。藥房老闆先是露出一臉驚訝之色，接著表情溫和、低聲地說：「妳們是雙胞胎嗎？長得好像哦。」照這麼看來，「別人看不到」的現象似乎不會發生在我身上。

我安心地吐了一口大氣，這時剛好跟她四目相交，我連忙收起安心的表情。無論如何，在她面前毫不掩飾地顯露出鬆一口氣的樣子，總覺得過意不去。

這天晚上，她顯得落寞寡歡、沉默不語。我覺得我好像做錯了什麼事，極力地討她歡心。然而不論如何開朗地和她說話，她也只是有氣無力地微微一笑。到了半夜，我的火氣就上來了。她會變成分身，又不是我的錯！幹麼把氣出在我身上，還擺出一副臭臉給我看！

明天晚上河見就回來了，照這樣下去，眞的能照計畫交換身分嗎？我滿心憂慮地窩進棉被裡。

旁邊的那床被褥中，她幾度來回翻身，輾轉難眠。我思忖著要說什麼安慰她一下，然而就這樣想著想著，舒服地進入了夢鄉。

翌晨，她一掃昨日的陰霾，顯得神清氣爽。

我在烤麵包的香味中醒來，一醒來就看到她從廚房走來，笑咪咪地對著棉被裡的我說：「我快餓扁了，快起來吃飯吧。」

看來一覺醒來，她的心情變好了。我胸口的大石終於落下，隨即掀被起身。廚房的餐桌上，已經有早餐在等著。

這一天，我跟她做最後的確認工作。

交換身分的期間，剛好整整三十天，每隔一天務必取得聯絡。倘若發生什麼問題，或是任何一方撐不過三十天想回家的話，另一方也必須服從。我們彼此同意，立下了約定。河見回家的時間是傍晚。等確認了一些他回到家後不會察覺我不是他老婆而是別人的事項，她就準備出發前往東京。

一般外人看不出我和她之間的不同，但在老公眼裡或許一目了然，馬上就知道我不是他老婆。如果是這種狀況，我就跑出門去，和在屋外待命的她交換回來。一旦如此，交換身分的遊戲就必須放棄。

傍晚六點。外面已是夜幕低垂。我和她坐在暖爐邊，靜靜地看著石油暖爐的橘色光芒。隨著河見回來的時間逼近，原本興奮的心情轉爲高度緊張，先前還不厭其煩地說明生活細節的她也靜默了。

一片沉寂的屋子裡，突然電話鈴聲大作。我倏地望向她。她好像在激勵我似的，微笑地點點頭。我將手伸向電話，心臟快要爆炸了。

「蒼子嗎？是我啦。」

耳際傳來男人的聲音，河見的聲音是這樣子的嗎？

「喂，妳怎麼啦？是我啦，我現在在車站。」

「哦，你回來啦。」

「什麼嘛，妳也稍微高興一點好不好，妳很寂寞吧？肚子餓不餓啊？我買壽司回去給妳吃。」

「不用了，晚飯已經準備好了。我還做了茶碗蒸喲！」

「了不起，我正想吃呢。那，我馬上回去哦。」

咔嚓一聲，他把電話掛掉了，我也放回話筒。

「很完美嘛，妳簡直是個女演員。」

她笑著說完，起身披上大衣。「那，我到外面去哦。河見回來之後，如果一切順利就對著窗戶比個V的手勢。」

「……嗯。」

「妳不要一副擔心害怕的樣子，不會有事的啦。」

她拿起行李箱，在玄關穿鞋子，輕輕說了一聲「那我走了」，便繞到公寓後面走了。

之後，一直到河見按門鈴爲止，我一直盯著手表看，告訴自己不要緊，不要緊，不停地激勵著自己。只有短短十分鐘，卻覺得漫長無比。

門鈴響了。

我彈跳般地站了起來，緊緊閉上眼睛，然後再睜開。我已經變成了河見蒼子。

「你回來啦。」

「對啊，回來囉。怎麼樣，妳有沒有乖乖的呀？」

大門一打開，河見就緊緊抱住我。他的手抱著我的頭，好像在愛撫小狗似的摸著我的頭。我還在想他有沒有看到我的臉的時候，他的嘴唇已經湊過來尋求飢渴的吻。

被河見吻住的時候，我的心掛念著窗戶的那一邊。她應該在後窗那裡偷看裡面的情形。這裡從後窗看過來，剛好介於看得見和看不見之處，嚇得我冷汗淋漓。

「旅行怎麼樣？好不好玩？」

我兩手壓在河見的胸前，將身子抽離出來。結果，他露出一副訝異的表情，直勾勾地俯視著我。難道被他看穿了嗎？

「……怎麼了？」我膽顫心驚地問。

「搞什麼，妳把頭髮剪了？」

我頓時全身無力。我伸手摸摸頭髮，生硬地笑著說：「我想換一下心情嘛。好不好看？」

「這個嘛……我比較喜歡妳長頭髮的樣子。」

他居然把話說得這麼白，我有點不高興。

「啊，肚子餓了，吃飯吧，飯後有土產品鑑會哦。」河見興高采烈地說。

看著他哼著歌走向後頭的房間，我戰戰兢兢地往後窗一瞄。

從窗簾的細縫處，瞧見她歪著頭、笑著比著V的手勢。我遲疑了半晌，也比出V的形狀。接著她揮手告別，轉眼間就消失在暗夜裡。

ブルーもしくはブルー

the blue or the other blue

蒼子B

河見蒼子，結婚後從未回過東京。

坐在羽田開往市中心的電車上，眺望窗外霓虹閃爍、七彩斑斕的東京夜景，可能是疲累的關係，頭有點痛，但是蒼子不以爲意，依舊興致盎然。

雖然這裡沒有什麼美好的回憶，但對於自己出生長大的城市，心中畢竟有一份愛戀。況且接下來的一個月，蒼子將在這個城市度過一段自由自在的生活。她認爲，實在應該感謝命運之神。

下了電車後，蒼子改搭JR線。連整車擠滿下班回家的上班族電車都讓她覺得懷念，嘴邊不禁泛起一抹微笑。

在有樂町站下車後，蒼子搭上計程車，將寫在便條紙上的地址告訴司機。車子穿越銀座，約莫過了十五分鐘，司機就告訴她到了。

蒼子仰望著那棟聳立於沒有星星的夜空下的公寓大廈，隱隱約約聞到一股潮水的味道。這就是所謂的濱水大廈吧。入口的守衛似乎記得所有住戶的長相，只看到蒼子的臉，二話不說就幫她開門。

佐佐木住在七樓一號。搭上寂靜無聲的電梯後，蒼子走在磨得晶亮的走廊上，前往七號一樓。當她看到「佐佐木」這個門牌時，竟然沒有緊張，毫不猶豫地按下門鈴。

等了一會兒，似乎不會有人出來開門，於是蒼子從皮包裡拿出大門鑰匙。這時，大門突然開了！

「是妳啊，蒼子！」

開門的是佐佐木。她一直盯著他看，連話都忘了回。沒錯，他的確是以前交往過的人，往日的記憶復甦了。

「妳怎麼會按門鈴呢？妳今天是怎麼啦？」

蒼子心想，糟糕！另一個蒼子曾經交代過她，不管佐佐木在不在家，都直接用鑰匙開門進去即可。

「妳怎麼啦？不要站在那裡，快點進來啊。」

「哦，好……」

蒼子微微點頭，在玄關處脫掉鞋子。走廊一直往屋內延伸，她記得另一個蒼子說，自己的房間好像是在進去的第一扇門。

「妳要拿著行李直接進去啊？」

當她找到房門，打開之際，背後傳來佐佐木納悶的質疑。望著出現在眼前的雪白色馬桶，蒼子不假思索地突然冒出一句：「我要上廁所，已經忍了很久了。」

她笑著解釋，語畢立即進入廁所。出來之後，佐佐木已經不在那裡。打開廁所旁邊的門一看——這次錯不了，這一定就是蒼子的房間。整理得非常整潔的床上，擺著一張小卡片，上面寫著「WELCOME」。

放下行李、脫掉大衣，蒼子坐在床邊，緩緩地環視這個房間。房裡裝飾得簡直像從時尚雜誌裡搬出來的——不至淪於少女風味的鄉村家具、典雅的蕾絲短簾。如果有錢的話，她也一直想把自己的房間布置成這樣。站起來打開衣櫥，看著裡頭一整排的衣服，蒼子心情複雜地嘆了口氣。在這裡住一個月，可以穿喜歡的衣服固然令她開心，但這些衣服終究不會變成自己的，於是便啪地一聲關上衣櫥。

蒼子突然覺得肚子有點餓，想起上飛機之前只吃了簡單的三明治。她悄悄打開房門，探頭看了一下客廳。那兒還亮著燈，傳來細微的電視聲。

心想，今天還是就這樣先睡吧，等白天好好把家裡巡視一遍，再跟佐佐木接觸比較安全。可是，她實在難忍好奇心。剛才佐佐木似乎完全沒有察覺到，自己的老婆是別人冒充的。蒼子想再試一次，輕輕地打開客廳的門。

原本看著電視的佐佐木，將視線移向蒼子。蒼子對他微微一笑，佐佐木則眨眼回應。

「我可以一起喝嗎？」蒼子在佐佐木身旁坐下，指著桌上的啤酒瓶說。

「好啊……」

「我有點餓，這個可以分我一點嗎？」蒼子詢問剩下一半的披薩。

「哦，好啊。」

佐佐木隨即起身，從廚房拿來一個杯子。將杯子遞給蒼子時，他歪著頭一臉好奇地問：「妳在香港，是不是發生了什麼好事啊？」

「嗯，對啊。」

蒼子笑盈盈地說，佐佐木露出驚訝之色，凝視著她。

「飯店非常豪華、料理也很好吃、夜景也好美哦。不過，如果你也能一起去的話一定更好玩。下次我們一起去吧。」

蒼子只是隨口說說，佐佐木卻瞪大了眼看著她。她不禁暗忖會不會做得太過火了？

「……這可傷腦筋了。」

「啊？」

「妳好像變了一個人。」

佐佐木的這句話讓蒼子心頭一悸，還在擔心是否被看穿之際，佐佐木輕笑出聲。

「蒼子，」佐佐木笑著望向她。「眞希望妳總是能像這樣，坦白地說出妳心裡的話。」

「我一直都很坦白不是嗎？」

「妳自己捫心自問嘛。」

佐佐木說著拍了拍蒼子的肩膀，從沙發上站起身來。

「明天一早還要上班，我去睡了哦。」

「等一下，我……」蒼子叫住正要離開客廳的佐佐木。

「什麼事？」

「沒什麼。很多事情……很抱歉。晚安。」

佐佐木驚訝地瞪大了雙眼，隨後表情轉為柔和。「妳也累了吧，早點去睡覺比較好喲。」

「謝謝，我會的。」

目送著走向走廊的佐佐木，蒼子鬆了一口氣。如果氣氛搞僵了，無論如何先道歉再說——這是蒼子和河見一起生活所領悟出來的馭夫術。

「……這個人滿溫柔的嘛。」

蒼子將瓶裡殘留的啤酒倒進杯子，口中呢喃著。另一個蒼子說佐佐木是個冷漠的男人，但她不這麼認為。

第二天起，蒼子在東京街頭閒晃。新的大廈、新的時尚、新的戲劇、新的書籍和嶄新的藝術……好多想看的東西，好多想去的地方。

東京的生活充滿了自由。老公佐佐木只是偶爾回家，也不必擔心做飯的事。至於居家打掃也是定期交由清潔公司處理。蒼子只要每天去想去的地方、吃喜歡吃的東西、睡她的大頭覺就可以了。

至於錢，銀行的帳戶裡有著驚人的數目，另一個蒼子連購物用的信用卡都拿給她。蒼子用這張信用卡大肆採買自己喜歡的東西。服飾、化妝品，還有毫無用處只是可愛的小東西。可能是以前過著一塊錢也要省、到處找特價品的生活的反作用吧，她明知以後可能會有問題，還是忍不住購物的衝動。

蒼子常常會產生劇烈的頭痛，而且通常發生在前往單身時代去過的店，或是想起過去熟識的人的名字時。若想看看出生長大的家現在變成怎麼樣了，這時劇痛就會嚴重到幾乎令她昏倒的地步。不過，這情況在吃了頭痛藥後就能豁然痊癒，習慣頭痛的蒼子也就不那麼擔心了。

有一天，蒼子走到一家剛開幕的摩登大樓。

她在賣場一角，看見自己在福岡縫製的服飾專櫃，探頭往裡面一看，穿著奇特服飾的專櫃小姐露出職業性的笑容，裝模作樣地說：「歡迎光臨，請慢慢看。」

蒼子定睛看著櫥窗裡展示的一件外套，它和上個月自己縫製的外套款式相同。

「這是春季的新裝喔，領子很特別吧。」

「什麼布料做的？」

「我看看哦……應該是羊毛製的。」

「是嗎？這裡面有絲綢的成分吧？」

蒼子心中燃起了一絲絲壞心眼，想故意給這個態度冷淡的店員難堪。專櫃小姐噘著大紅嘴唇，擺出一張臭臉。

「要不要試穿看看啊？」

「不用了，不穿我也知道。我要這件。」

蒼子說得明快乾脆，專櫃小姐頓時張大了嘴巴愣在那兒，半晌才連忙擺出笑容。

「真的很謝謝您。那麼，這件跟那件是同款式的……」

專櫃小姐說著，伸手去拿掛在衣架上的外套。

蒼子搖搖頭，「很抱歉，我要這一件。」她指著在櫥窗裡展示的那件外套。

「啊？您要這一件啊？」

「真不好意思，都已經掛在那裡展示了，但是我就是要這一件。」

專櫃小姐一臉納悶，不過還是照蒼子的話把掛在櫥窗裡的外套拿下來。

蒼子拿了外套之後，連忙趕回公寓。第一眼看到的瞬間，她就有個直覺，這件外套是自己縫製的。

回到房裡，她立刻翻出紙袋、取出外套，找來裁縫箱，小心翼翼地避免剪到布，用剪刀仔細地把領子的車線拆開。她翻出領子裡的內襯一看，頓時放聲大笑——薄薄的塑膠內襯上，用粉餅筆寫著ＳＯＫＯ（蒼子）這個名字。

蒼子捧腹大笑，笑到難以遏止。居然有這麼好笑的事！偷偷寫上自己名字的春季新款外套，這世上只有五件。竟然這麼巧，就讓她碰到其中一件。而且自己縫製的衣服還不是用自己的錢買的，而是偷偷用別人的信用卡買的。

笑著笑著，她的淚水不禁潸然落下，無法遏止地淚流滿面。蒼子就這樣邊笑邊哭，爲什麼哭泣呢？她自己也不明白，反正就覺得自己很可悲。

痛快地哭完一場之後，蒼子呆坐在地板良久，然後想起留在福岡的蒼子。

她爲什麼會想跟自己交換生活呢？這種自由自在、予取予求的生活，她究竟有什麼不滿呢？

蒼子抬起手背拭去臉上的淚水。

她可能渴望被愛吧？希望有人需要她、保護她，希望有人爲她擔心吧？

蒼子心想，果眞如此的話，她可能暫時不會回東京來了。

河見很愛自己的妻子。他要妻子完全屬於他一個人，所以總是監視她，絲毫不肯鬆手。她只要稍微有點兩人生活以外的興趣，他就不容她爭辯地予以制止。兩人在一起就是一切，其他的事物必須完全排除。

這種事見仁見智，也算是一種幸福的生活。畢竟有個一直關心自己的人陪在身邊、有人對妳說「這個世上有妳眞好」，還會有人感到不幸嗎？什麼都不必多想，重複著每天的生活——吃飯、歡笑、工作，然後睡覺。如果只要這樣就能感到滿足，這的確是幸福的生活。

在另一個蒼子出現之前，蒼子從未對自己的生活抱持任何疑問，甚至不曾察覺自己其實一直都隱忍著。

蒼子心想，這是在強求不屬於自己的東西嗎？有了過度的自由，就會希望心靈有個歸宿；被愛得太過，就會覺得那是束縛。

離約定之日還有二十天，即使約定之日到了，蒼子希望另一個蒼子會說她想繼續留在福岡。這麼一來，自己就能眞正成爲佐佐木蒼子，繼續過著自由自在的生活。

但是，這也不能太過期待。過去每天過得那麼自由的人，不可能受得了河見那種命令式、強迫式的愛情。即便剛開始時會沉醉於被愛的感覺，但只要被打過一次就會從美夢中醒來。

等到約定之日到來，她回到東京來的話，蒼子就打算回福岡。這一個月，就當作偶然被賜予的假期吧。

眞是這樣嗎？自己眞的這麼認爲嗎？難道內心深處不曾想過，如果能趁這個機會擺脫和河見的生活該有多好？

蒼子開始想，如果到時候不回福岡會怎麼樣？

河見會怎麼做呢？妻子突然像蒸發似的不見了，以他的個性，一定會瘋狂地到處尋找失蹤的妻子。她除非逃到國外去，否則不可能安心過日子。

不單是河見，即便另一個蒼子也不可能允許這種事情發生吧。

蒼子憶起，下著雨的那天，她們在福岡所做的實驗——看看在別人眼裡，什麼狀況自己會消失。那時，她真的渾身起雞皮疙瘩。那種恐怖驚悚的體驗，大概死也不會忘記吧。自己的身體明明在這裡，但別人卻看不見。這讓她深刻地體會到什麼叫做分身，在這個現實的世界裡，自己宛如幽靈般模糊地存在。同時也清楚地呈現出一個事實，自己無法違逆另外一個蒼子。當她和自己兩人並列的時候，自己就會消失。不論在河見眼裡或是佐佐木眼裡，他們都看不見自己。影子是贏不了本體的，自己無法違抗另一個蒼子啊。

先別想了，蒼子搖搖頭，不願繼續思考下去，想太久頭又痛起來了。蒼子起身，去吃頭痛藥。

第二天早上，蒼子準備出門的時候，床頭邊的電話突然響起。蒼子先盯著電話，任由鈴聲響著，希望它會自己停掉，後來終於死了心，接起電話。

「啊，妳終於在家了。妳好像經常出門，一直都在外面啊？」

果然不出所料，電話裡傳來她的聲音。聲音應該和自己很像，但蒼子幾次聽下來都覺得不像，像是把自己的聲音錄起來，再從錄音機裡聽到的那種怪異感覺。

當她還在思索的時候，佐佐木蒼子催促地說：「拜託，妳也回個話好不好。」

「啊，嗯。妳是從外面打來的？」

「對啊。河見今天休假在家，趁他睡著了出來打的。」

對方語調興奮高昂，使得蒼子不禁縮了一下肩膀。看來她現在還過著快樂的每一天。

「不是說好每隔一天就要聯絡的嗎？可是妳根本不在家嘛。」

「對不起，是不是出了什麼麻煩？」

「不是這樣啦……唉，算了，妳那裡怎麼樣？」

「沒什麼事啊，我跟佐佐木幾乎沒碰到面。一個人去看電影、逛街、買東西，每天都在玩。」

「開心嗎？」

「嗯，很開心！」回答後，話筒彼端突然沉默了片刻。

「我在想……可以的話，能不能再延長半年……」

佐佐木蒼子可能在公寓後面的大馬路上打公共電話吧，卡車奔馳的聲音遮掉了電話聲。

「啊？對不起，我聽不到。」

「哦，沒什麼啦，我是說好玩的。那，我再打電話給妳哦。」

蒼子靜靜地將斷線的電話放在桌子上，接著走到更衣室，往鏡台前一坐，開心地慢慢化妝、梳理頭髮，並戴上剛買的金耳環。

鏡中的蒼子笑盈盈的。

其實她聽到了。她聽到她說，能不能再延長半年，繼續過著這種交換生活。

「好啊，我一輩子都跟妳換。」她對著鏡中的自己這麼說，嗤嗤地笑著。

蒼子懷著愉快的心情，前往銀座的百貨公司。她在今天的早報上看到，最近街頭巷尾傳爲話題的攝影師正在舉辦攝影展。

原本以爲非假日的白天，人應該不多，不料到了會場卻已經大排長龍。蒼子看到大排長龍的人群，正在猶豫要排隊還是放棄之際，有人從後面拍了她的肩膀。

「蒼子！」

一個西裝筆挺的年輕男子滿臉笑容地站在那兒，胸前還掛著名牌，可能是這家百貨公司的店員吧。

「妳來看展覽啊？早跟我說嘛，我就送妳入場券。不過，能夠見到妳眞的很高興。妳過得好嗎？」

名牌上寫著「牧原」。蒼子抬頭看他的臉，心想，對哦，這就是她的男朋友。

這麼說來，這就是她以前打工的百貨公司。想來有點爲時已晚，蒼子記起她曾經交代過，不可以跟認識的人見面，絕對不能跟這個人出去。

「人眞的很多吧。我想起來了，蒼子，這個人還沒走紅之前，妳說過很欣賞他，還買了他的攝影集對不對？妳眞的很有眼光耶。」

聽到這種奇怪的褒獎客套話，蒼子陪上一個笑容。心想，原來自己喜歡這個攝影師啊，聽起來好像是別人的事。

「我現在剛好是休息時間，我們一起進去看吧！」

牧原拉起蒼子的手，往寫著「員工專用」的門走去。

「啊，等一下，要去哪裡？」

「從後面進去啊！難道妳想在這裡排隊付錢嗎？」

聽了這話，蒼子決定乖乖地跟在牧原後面走。

這個攝影展牧原已經看過好幾次，他一邊繞著會場一邊對蒼子說明。牧原是個很有趣的人，會說無聊的笑話，也會說噁心的奉承話，不過很奇妙的，聽起來不會讓人討厭。

蒼子似乎明白，另一個蒼子爲什麼會挑這個人當男朋友。他看起來不像是個腦筋靈活的人，但是頗有教養，顯得落落大方。

看完攝影展之後，牧原邀請蒼子共進晚餐。

等牧原下班的這段時間，蒼子去看電影打發時間。她早了十五分鐘抵達那家約定的咖啡店，只見牧原已經在那裡等了。他問她想去哪裡，她回答想去沒去過的店。因爲她生怕去過的店會出樓子。

牧原領著蒼子搭上計程車，來到位於白金住宅區裡的小型義大利餐廳。

「妳今天心情很好嘛。」

牧原開心地品嘗義大利套餐料理，笑嘻嘻地對蒼子說。

「有嗎？」

「我萬萬沒想到妳會這麼乾脆就答應跟我出來約會。我打了好幾次電話給妳，都被妳冷漠地掛斷了，不是嗎？」

蒼子不知如何回答，只是靜靜地吃義大利麵。

「是不是跟男朋友分手了？」

「啊？」

「上次妳跟我說，妳交了新男朋友不是嗎？」

蒼子微笑，「是啊，可以這麼說吧。」

「那，妳現在是自由的囉？」牧原臉上閃著光芒，身體前傾興奮地說。

「我有老公耶！」

「事到如今談什麼老公嘛！」

蒼子和牧原不約而同地笑出聲。

大杯葡萄酒，蒼子一杯接一杯地喝。不曉得是喝太多？還是藥效已退？頭又開始輕微地痛起來。

「怎麼了？」看著蒼子用手摸著額頭，牧原擔心地問。

「嗯，頭有點痛。」

「眞的啊？不要緊吧？」

「不要緊，我最近常常頭痛，只要吃個藥就好了。」

「妳的臉色很蒼白耶，眞的不要緊嗎？」

牧原回絕了甜點，立刻結帳買單。扶著蒼子站起來，搭上叫來的計程車。

「怎麼辦？要去看醫生？還是送妳回家？」

蒼子將臉往後來上車的牧原胸前一靠，輕聲地說：

「帶我去你家。」

ブルー
もしくは
ブルー

the blue or the other blue

蒼子A

自己也感到驚訝不已，我居然能這麼順利地融入河見的生活。緊張的心情只有剛開始的三天而已。之後，感覺先前在東京的生活宛如一場漫長的惡夢，在博多的每一天是那麼的理所當然。

打理家事、去縫紉工廠打工，等河見回來的獨處時間就打打毛線或看電視度過。

在這種理所當然的日常生活中，我有了很多發現。

首先是工作的喜悅。以前，我從不認爲工作是一件快樂的事。工作勞動只是單純地爲了賺錢，只是把痛苦拿去換錢罷了。然而，現在去打工是一件快樂得不得了的事。縫紉機的聲音和熨斗的蒸氣味道、工作夥伴的笑聲，以及待車衣物從右手進左手出的工作快感。

不止打工，我對家事也是幹勁十足。一向最討厭碰抹布的我，現在也開開心心地拿著抹布在家裡到處擦拭。亮晶晶的餐具和玻璃窗、泡過柔軟精剛洗好的浴巾，這些都讓我由衷喜愛。

這樣的成果，河見也大大地誇獎我。晚上喝小酒的時候，他還對我說，讓我出去工作眞的很抱歉，打工已經那麼忙了，還把家裡整理得井然有序，說他眞的打從心底感謝我。

勞動的喜悅不單是換取金錢的回饋，到了這個年紀我才第一次體會到這個道理。它還幫上某些人的忙，還可以讓某些人感到歡喜。而這些，最後都會回饋成爲自己的喜悅。親切的付出，就會有親切的回饋。

跟以前在東京的時候相比，這裡的每一天過得非常快。老公上班後，我也開始忙碌的一天。這一忙，轉眼間太陽就西沉了，然後他回來了。送心愛的人出門、工作、迎接心愛的人回來，接著爲了美好的明天而上床睡覺。宛如海潮一般，滿了又消退，就這樣日復一日、永遠重複著。我終於領略到「什麼都不想」的幸福，不需要看新電影、不需要看暢銷排行榜書籍，也不需要買流行服飾。

隨著勞動的喜悅，我也眞切地感受到休假的快樂。因爲有ON，才有OFF。過去每天都過得像星期天的生活，現在想想眞是怠惰無比。

和河見共度的假日，總是充滿明亮的光線。帶著便當開車出去兜風、兩個人在家裡大掃除、心一狠買了上肚鮪魚生魚片，而且還在居酒屋裡大唱卡拉OK，河見看了總是開懷大笑。

這實現了我跟佐佐木結婚時的夢想——能夠在一起的時候，一定在一起。「夫妻相愛」這種理所當然的事，佐佐木從來未曾給我。果然，當初我應該選擇河見，而不是佐佐木。跟河見結婚才是正確的幸福選擇。

每當河見擁我入懷時，我總是想：有沒有什麼辦法，可以讓我一直以河見蒼子這個名字活下去呢？我知道另一個蒼子不可能答應這種事。不過，嘗過這種幸福的滋味之後，我眞的不知道，往後我一個人該怎麼活下去？

我恨命運之神！

早知如此，還不如什麼都不知道來得好。

我的確這麼認爲。和河見開始生活之後約半個月，我沉醉在幸福裡，每天過著飄飄欲仙、如夢似幻的生活。

可是有一天，這個美夢突然被惡夢所取代。

這天晚上，河見和工作夥伴有個聚餐，到半夜兩點還不回來。深夜不歸而且連一通電話也沒有，這是我來福岡之後的第一次。

我擔心他會不會出了什麼意外，整晚輾轉難眠。突然聽到大門的開門聲，急急忙忙出去迎接，才看到滿臉通紅的河見慢吞吞地走進來。

「晚回來也打個電話嘛！」

我終於鬆了一口氣。我說這話沒有挖苦的意思，反而是帶著開玩笑的意味。

這時，河見的手突然甩了過來，往我臉上狠狠地打了一巴掌，力道之強讓我的背撞上了流理台，緊接著是一陣東西掉落的巨響。

突如其來的暴力和強烈的劇痛，使我霎時一陣天旋地轉，搞不清發生了什麼事。我按著臉頰抬頭看河見，他一副君臨天下的模樣俯視著我，他的眼神使我驚懼不已。

「妳管我幾點回來！那是我的自由！」

河見抓住我的睡衣，硬把我拉起來，目露凶光。面對這種不尋常的表情，我連尖叫都叫不出來

「只是一個娘兒們，居然敢指使我。我最討厭自以為是的女人！」

滿口的酒臭氣直往我臉上撲。

「……你怎麼了，出了什麼事嗎……？」

我終於勉強吐出這句話。我知道河見只要喝醉酒就會變回博多腔，態度也會變得很粗暴。不過，他從來沒有像這樣抓著我、恐嚇我。我能猜想的，只有他在外面出了事情。

「出了什麼事？」

河見緊緊地揪著我的衣領向上提，我意識到自己的雙腳不停地顫抖。

「眞的出了什麼事的人是妳吧？」

他粗暴地抓扯我的頭髮，把我低垂的頭狠狠拉起。

「妳說，妳幹麼突然把頭髮剪了？」

「……沒什麼特別的理由啊……」

「我喜歡長頭髮，這妳也知道吧？為什麼沒有跟我商量就隨便剪掉？」

河見呢喃般地在我耳邊說著。每當他的嘴唇碰到我的臉頰，我就嚇得全身起雞皮疙

瘩。

「你是不是在我出國的時候，背著我幹了什麼好事？」

「我什麼都沒做啊！頭髮也只是因爲單純想剪而已！」

我拚命地解釋。不料，那凶狠的巴掌又甩了過來。劇烈的疼痛使我雙腳發軟，河見卻抓住我的衣領，將快要倒地的我死命向上拉。

「妳根本是明知故犯！」

怒吼聲和口水往我臉上齊噴。

「上次我不是警告過妳了，我不在的時候如果妳敢亂來，我絕對饒不了妳！」

河見抓著我的身體猛搖。

「我才不管妳廣島的什麼父親，居然敢趁不我在的時候外宿！妳是不是在外面偷男人？爲了那個男人把頭髮剪了？妳最近心情特別好，就是因爲這個緣故吧?!」

話一說完，河見一把將我推開。我倒在地板上，接下來他竟然舉起大腳踢我的肚子。

我會被殺死。

我這麼想著。

現在的河見已經失去理智，陷入瘋狂狀態，不曉得他會做出什麼駭人之舉。

「不要！」

尖叫聲比腦袋的思考更早爆出。不知道何時，我的兩頰已經淚流滿面，嗚咽從身體的深處湧出。

當我身體縮成一團、不停地發抖時，河見突然停止了所有動作。我驚恐萬分地抬起頭來，看見河見失神地俯視著我。

他的嘴唇顫抖，眼裡已經不見剛才的暴戾之氣。他目光畏怯地看著我，好像在說不相信自己會做出這種事。

看到畏怯的他，我稍微重拾了冷靜。這時，我突然想起另一個蒼子說過的話。她說，如果發生什麼事，只要一邊哭，一邊道歉大抵都能過關。

「對不起。原諒我，我不會再亂來了。」

雖然不是眞心話，但總是要先過了這關再說。我哭著求饒。

河見倏地跪倒在地，蜷著身子喃喃呻吟。我還以爲他怎麼了，結果他在哭泣。

「……蒼子，妳不在家，我好無聊哦……」

「……河見？」

「求求妳，不要出去好嗎？沒有比妳更好的女人了。妳要是離開我的話，我眞的會活不下去。」

河見摟著我的膝蓋，傷心地哭訴。

「我不會再喝酒了……也不會再打妳了……請妳原諒我……」

我啞然無語，不知如何回應，河見忽然趴倒在地，啜泣聲愈來愈小，最後他終於在廚房的地板上打起鼾來。

有一段很長的時間，我一直呆坐在廚房的地板上。

翌晨，河見在廚房醒來，看到我突然對我下跪道歉。他說，因爲店裡發生了不愉快的事，使得他心情糟透了。然而我認爲這只是個導火線，昨晚的暴力相向絕對是平常的積鬱所爆發出來的。

不論是頭髮的事，還是我在廣島過夜的事，爲什麼事到如今才發這麼大的脾氣？我不認爲河見是個疑心病如此深重、如此沒有骨氣的男人。他是個會對妻子拳打腳踢，不喝醉酒就不敢把心裡的話告訴妻子的人嗎？

昨夜，河見睡了之後，我原本打算就這樣回東京去。不過，他醉酒的第二天，總像個被罵的小孩似的鬱鬱寡歡，於是我決定等第二天早上視他的反應再做決定。

結果不出所料，河見再三地道歉，還把收好的棉被再度鋪好，讓我睡在墊被上，並取來冷毛巾爲我敷瘀腫的臉。

這一天，因爲河見不必上班，一整天都在家裡伺候我。洗衣、買菜，還煮稀飯給我吃。

看著殷勤體貼的河見，我的思緒陷入一片混亂。被打的臉龐和被踢的手腳，已經嚴重瘀青紅腫。相較於挨揍的時候，過了一晚疼痛反而更加劇烈。將這種痛楚加在我身上的是河見，照顧痛苦不堪的我的，也是河見。

身體的痛楚加上心情的混亂，使得我頭痛欲裂。心裡明知要把事情想清楚才行，偏偏就是無法思考。

從那天起，我在床上躺了五天。除了身體的疼痛，還加上劇烈的頭痛和發燒。河見很擔心我，但卻不帶我去看醫生，可能是不敢讓醫生看到自己的暴力凶殘，把妻子打得渾身瘀青紅腫吧。

燒退了之後，癱瘓的腦袋終於開始運轉，我感到一股怒火竄上心頭。這股憤怒不只是針對施暴的河見，讓我更怒不可抑的是，沒有告訴我會發生這種事態的另一個蒼子！

然而，無論何時打電話給她，她總是不在家，這更使我怒火沖天。我代替她在這裡被河見拳打腳踢，她居然每天出去玩，過著逍遙自在的日子。

休假時，我一大早就打了好幾通電話去東京，她居然這麼早就不在家。照這樣看來，她可能是外面過夜吧。

我坐在電話旁，每隔三十分鐘就打一次電話。氣到猛咬指甲、嘴裡念念有詞，重複著要罵她的話。

近中午的時候，電話響了。由於怕被河見接到電話，當初就說好，除非是碰到很大的麻煩，她不會主動打電話來。但是，我們已經一個禮拜以上沒有聯絡，我想，這一定是她打來的，我一把抓起電話。

「喂，河見家！」

「幹麼呀，妳怎麼這樣講話呢？」

話筒裡傳來黏膩的女人聲，我不禁眉頭輕蹙。這聲音是河見的母親。

「妳就不能稍微輕聲細語一點嗎？眞是太粗魯了。」

婆婆有時會好像突然想到似的打電話來，而且每次打來，都會問「怎麼還不生啊？」另一個蒼子，總是笑一笑當作沒聽到，但是我眞的痛苦不堪。

「對了，最近怎麼樣啊？」

「……您指的是什麼事？」

我強忍著掛電話的衝動，反問回去。

「這還用問嗎，當然是小孩的事。妳有確實照計畫進行嗎？我已經跟妳說多少次了，都已經這麼久了還不會懷孕的話，問題一定出在妳身上。妳還是去醫院檢查看看吧。」

什麼照計畫進行?!我在心裡破口大罵。這種事竟然能若無其事地說出口，這種低級惡劣的程度，實在令人難以忍受。我不得不佩服另一個蒼子，她竟然能跟這個老太婆周旋。

「我說這話您可不要生氣，其實我有在避孕。」

過去婆婆打了幾次電話來，我都照她說的「是是是」隨便敷衍過去。可是，今天我實在受不了了。

「天啊，妳說什麼？眞不敢相信。」

「因爲薪水的一半都拿去孝敬你們了，沒錢生小孩啦！」

話一出口就聽到婆婆的尖叫聲，我粗暴地把電話掛了。話筒一放回去，電話又響了。

我拿著錢包站起來，往大門衝出去。

一直跑到附近的國道上，進入公共電話亭。原本應該在錢包裡的電話卡竟然找不到，我氣得破口大罵，把裡面所有的零錢都丟到電話裡去，然後，按下東京公寓的電話號碼。

電話響了五聲，終於接通了。

「喂？蒼子嗎？」

我興奮地問，電話那邊遲遲沒有回應。我不禁提高嗓門用吼的。

「妳是蒼子吧？爲什麼妳老是這樣呢？我叫妳，妳應該馬上回答啊！」

「出了什麼事嗎？」

她一副悠哉的口氣，實在是令我又氣又嘔，氣到鼻子裡面突然痛了起來。

「妳哦，妳根本不在家嘛……每天都到哪裡去玩啦？我在這裡過著地獄般的生活，妳倒是逍遙自在的嘛。」

我也覺得自己很不爭氣，竟然聲淚俱下。

「妳在哭啊？喂，妳不要緊吧？出了什麼事？」

她一副擔心的口吻。我頓時忍不住放聲大哭。

「妳一直哭我怎麼會懂呢？振作一點，到底出了什麼事？」

她輕聲細語地說。我好像變成一個小小孩，不停地抽噎哭泣。

「……我被打了！」

「啊？」

「河見突然狠狠地揍我一頓！還有，婆婆也打了好幾次電話來。我恨死這女人了！」

我聽到她在電話的那頭嘆了一口大氣。

「妳是什麼時候被打的？有沒有受傷？」

她那冷靜的語調，讓我非常反感。我希望她能表現得更爲震驚地說：「天啊！這還得了！」

「上個禮拜啦。他半夜喝醉酒回來，突然就揍我一頓。罵我沒跟他商量就把頭髮剪掉，還提到去廣島過夜的事。我問妳，廣島的事情，妳沒有跟河見說是不是？」

「哦，那個啊。我跟他說過我去看我爸爸，但是他不肯相信。他怪我沒有先跟他說一聲。」

她一副漫不經心的口吻，好像在說別人的事。

「那，妳也曾經因爲廣島的事被打囉？」

「是啊。」

「爲什麼妳不跟我說呢！」

我咆哮出聲。她靜默不語。

「這是我有生以來第一次被打耶！而且不只是打而已，他還猛踹我的肚子，揍得我遍體鱗傷！我還以爲我會被打死呢。」

「他不會打死妳啦。而且妳放心好了，他打了一次之後，暫時就不會再打了。」

聽到她這段了然於胸的話，我很懷疑我的耳朵。

「妳說什麼？」

「婆婆那邊妳也不用擔心，她也是打過一次電話來，暫時就不會再打了。」

「爲什麼？爲什麼妳會這麼說？難道妳一直在忍耐？」

我握緊話筒大吼大叫，一股焦躁難耐的情緒和無處可發洩的怒氣，塞在我的胸口。

「爲什麼呢……」

我尖叫一聲後，她語氣一轉，狀似孤單地說：「我也不知道為什麼。不過，其實也無所謂。因為，河見平常非常溫柔體貼啊，不是嗎？」

「……是沒錯啦。」

「就是啊。就算婆婆嘴巴不饒人，也有她慈祥的地方啊。她會那麼雞婆，也是因為關心兒子媳婦啊。再說，那個快要不能走路的公公，也都是婆婆一個人在照顧。如果跟她表示可以去幫忙，她也會很體貼地要我們顧好自己的生活就好。」她淡淡地說。

「不論怎麼樣的生活，都難免有痛苦的地方。回想一下小時候的事情吧。有誰會關心我們，關心到肯罵我們、打我們的地步？河見就是因為太愛自己的老婆，才會經常變得惶惶不安而動手打人。這是被愛的證明啊。妳一直很想被愛不是嗎？河見他很溫柔吧，妳還有什麼不滿呢？再說，妳那樣說我老公和我婆婆，讓人聽了很不舒服。如果我說妳老公的壞話，妳也會受不了吧？」

很奇妙的，她的這番話有一股說服力。我噘著嘴，伸出手指拭去臉上的淚水。

「……可是，我討厭被打。」

「這是當然的囉。所以，他喝醉酒回家後所說的話，千萬不能當真。妳是不是說了什麼刺激他的話？」

「……我只是跟他說，晚回來的話至少打通電話而已。」

「所以囉，千萬不能對喝醉酒的河見下命令，要說，你回來了我好高興哦。」

這番話我絲毫無法反駁。雖然覺得有些地方怪怪的，不過聽起來似乎頗為正確。

「打起精神來啦。別這樣嘛，還有十天而已呀。」

「嗯，我知道了……」

說完再見之後，她先掛了電話。我帶著難以釋懷的心情走出公共電話亭。

接下來我跟河見的生活，表面上和原來一樣平穩地過著。

河見對我的態度，彷彿什麼事都沒發生過似的。不過，在河見施暴之前所感受到的完美幸福感，已經煙消雲散。不僅如此，河見的溫柔話語聽在我的耳裡，總覺得假假的。

距離和另一個蒼子約定的回復原來的生活之日，還剩兩天。

走到這個地步，我對河見施暴這件事多少懷著感謝之意。如果沒見到河見的本性，我或許會拜託她，希望一輩子就這樣跟她交換生活。

我很同情另一個蒼子。接下來的半輩子，她都得跟河見生活下去。想要跟河見有幸福的生活，就必須凡事順從他不可。我因為時間有限，多少還能忍耐，可是她必須忍耐一輩子。然而，或許她不如我想像中那麼不幸。她說若干的忍耐是理所當然的，對她而言，丈夫的施暴和婆婆的尖酸刻薄都是芝麻綠豆般的小事吧。

諷刺的是，因為這樣讓我看到了佐佐木的優點。他的確過於冷漠，但不是一個會用暴力來壓制妻子的人。結婚前夕，當時佐佐木還很窩心的時候，他經常說：「女性也應該有她的職業和生活目標，應該要懂得自立才對。就算是老公，也沒有權利去阻礙她。」

河見和佐佐木，究竟誰才是正確的選擇呢？我已經完全搞不清了。我究竟該怎麼辦才好？

我獨自坐在黃昏的屋裡，頭垂得低低的。

原本一直很喜歡的榻榻米的觸感，還有鄰居家中傳來的鐘擺式時鐘的報時聲，現在都讓我覺得充滿了窮酸味。

在東京的時候，從來不曾感到頭痛或身體不適，最近卻頭重得要命，身體也疲累不堪。我懶洋洋地坐在屋裡發呆，突然間，大門處傳來門鎖被打開的聲音。我霎時一怔，抬起頭來。河見今天應該上晚班啊，不可能這麼早就回來了。

「我回來囉！」

河見的身影隨著明朗的聲音出現。我呆呆地看著他。

「你不是上晚班嗎？」

聽了我這句話，河見很明顯變得不太高興。

「妳在說什麼啊?!妳仔細想想，我是什麼時候出門的？」

對哦。我想起來了，他是今天早上出門的。

「對不起，我有點恍惚。」

「晚飯準備好了吧？我肚子餓扁了。」

我沒有說對不起，反而直勾勾地瞪著他。這時，腦海裡響起了警報聲，不行，事到如今，怎麼可以跟他吵架呢。

「我馬上去做，對不起哦。」

我倉皇地移開視線，轉身往廚房走去。河見一把抓住我的手。

「喂，妳這是什麼態度！」

聲色俱厲的駭人口吻，聽得我背脊發涼。她明明說過河見暫時不會施暴，可是河見現在的眼神，跟前幾天打我的時候一樣目露凶光。

「妳最近真的很奇怪哦，突然變得異常開朗，一下子又變得悶悶不樂。」

「……沒有啊。」

「妳是不是有什麼事瞞著我？」

河見湊近我的臉。

「我沒有瞞你任何事……」

「哦？真的嗎？妳可別想裝蒜哦！那我問妳，這是什麼？」

語畢，他用力拉開壁櫥，手往衣箱後面伸進去。我不禁「啊」地叫出聲。

「這行李箱是打哪兒來的？我可不記得我買過這種東西給妳！裡面還裝了好多東西，有花枝招展的衣服，還有低級沒品的內褲！」

河見把我從東京帶來的行李箱倒出來，粗暴地到處亂扔，衣服和化妝品散落在榻榻米上。

「還不回答我，這是怎麼回事？難道妳想離家出走？」

「……你是什麼時候發現的？」

我渾身顫抖地問。反正既然要發飆，爲什麼發現的時候不說？河見大男人愛面子的個性和他娘娘腔沒種的習性，讓我怒火中燒。

「什麼時候都一樣！」

河見怒聲大吼，連紙拉門都爲之震動。

「我就說嘛，從我旅行回來以後，妳就一直怪怪的。不對，應該是妳沒說一聲就擅自外宿廣島的時候開始。前些時候，我們出去喝酒，妳說妳喜歡唱卡拉ＯＫ，而且還一首接著一首唱個不停，唱得樂不可支的樣子，還扭腰擺臀地搖啊搖的。還有，最近晚飯變得特別豪華，妳怎麼有錢買上好的上肚鮪魚肉？是男人給妳的，還是妳去賣身賺來的?!」

我愕然地聽著河見連珠炮般的博多腔。卡拉ＯＫ和上肚鮪魚，那時候他都笑得很開心，不是嗎？

「我無法再忍受了，妳到底隱瞞了什麼？全部給我說出來！」

「受不了的人是我，你有病是不是？」

話一說完，河見的巴掌就甩過來了。我趕緊閃過身去，但一時失去平衡跌在地板上，連忙抬頭一看，看見河見正要撲過來。我使盡全身的力氣往他的胯下奮力一踢！

河見低聲呻吟，立刻蹲了下來。我趕緊站起來，將散落一地的衣物塞進行李箱，抓起大衣和錢包，奔出屋外。

黃昏的路上，我拚命地往車站跑。雖然難過得要命，但現在不跑的話，我可能會後悔一輩子，於是我穿越人群，和錯身而過的人碰肩擦撞，不停地向前奔。

等看見車站了，我才停下腳步回頭望了望，河見似乎沒有追過來。我幾乎是連跑帶滾地衝進站前排隊的計程車裡。原本是想搭電車才會來車站，這回又怕等電車時河見會追來，心裡驚恐無比，恨不得早一刻離開這裡。

我買了飛往東京的機票。幸好末班機還有空位。

到了機場之後，我打了好幾次電話給在東京的她，但都只聞鈴聲空響。我不禁咋舌嘀咕，她究竟跑到哪裡去玩了？

雖然認為河見不至於追到機場來找我，但依舊恐慌不已。我到商店買了一副太陽眼鏡，坐在不顯眼的長椅上。

喝了一杯紙杯咖啡，終於稍微冷靜了點。我隔著玻璃窗眺望著夜間的滑行跑道。歇了一口氣後，突然意識到自己做了這些事的嚴重性。對於施暴的河見予以反擊，接著逃到這裡來，仔細想想，這麼一逃我已經到了窮途末路，而另一個蒼子，必須立刻回到河見身邊不可。由於河見看不出我們的差別，她回家之後，一定會遭到很悲慘的對待。

我將視線移往並列在牆壁上的公共電話，心想，非得盡快跟她聯絡不可。可是，得知我做的事之後，她會有什麼反應呢？會勃然大怒吧？這也是理所當然的。如果只是發怒就能解決那還算好的，但在想出解決對策之前，她大概不會回去自己的家吧。

我挺起沉重的腰桿，朝公共電話走去。已經快到末班機的搭機時間了。如果這回打電話她依然不在的話，等到了羽田再打給她。

我帶著半期待她不在的心情，撥了電話。偏偏，電話才響了兩聲她就接了。

「哎呀，這個時間打來真稀奇啊。」

「……妳才是呢，這個時間在家實在太稀奇了。」

「還好啦，因為身體不太舒服，不過沒什麼大礙……奇怪？妳在哪裡啊？」她可能聽到飛機抵達的廣播吧。

我打斷她天眞無邪的語調，說：「事情不得了了！」

「啊？」

「我現在在福岡機場，馬上要回東京去！」

她在電話那頭啞口無言。

我接著說：「河見找到我從東京帶來的行李箱，突然勃然大怒，懷疑我在外面有男人。」

「哎呀……」

「妳怎麼一副沒事的樣子？我嚇死了耶，還以為他會殺了我！」

「所以妳就逃出來了？」

「我死命地逃……後來一回神，想起我好像往他胯下踢了一腳。」

聽了我的回答，她咯咯地笑了起來。

「這不好笑！我問妳，這種情況下，妳不能回去吧？」被她這麼一笑，我不禁怒火中燒。

「我無所謂啊。」

「無所謂……？妳在說什麼啊？」

「因爲我已經不回福岡了。」

頓時，我無法意會她說這話的意思。

「……這話是什麼意思？」

「我決定了，我要一直在住在東京。所以河見的事，我已經不管了。」

她的語調明快，一時間我無言以對。接著，她又說出一件令人震驚不已的事。

「我好像懷孕了……」

坐在飛往東京的班機裡，我感到頭痛欲裂，總覺得腦袋裡有鐘聲不停地敲著。

她用茫然呆滯的語氣說，她好像懷孕了。我大聲斥責：「該不會是佐佐木的孩子吧？」她竟然輕笑一聲帶過：「妳猜得太離譜了。」

雖然不知道是誰的孩子，但這表示她一到東京就開始大玩戀愛冒險遊戲。這把我氣得牙癢癢的。

她真的是我的分身嗎？儘管我有佐佐木這個老公，依然和牧原有所來往，但我可是不那種碰到男人就玩戀愛遊戲的人，我沒有笨到這種程度。想從無聊的日常生活中獲得解脫，想玩一玩的心情，這些我都可以理解，更何況又不是處女，但是基本的避孕措施總是要做的吧。

伴隨著激烈的頭痛想著這些事情，我真的想見到她之後，先給她一巴掌再說。

飛機抵達羽田，在計程車候車站排隊的時候，可能是空服員給我的頭痛藥生效了，頭痛已經大幅舒緩，取而代之的是渾身疲憊無力。原先燒得火紅的怒火，也被疲憊吞食而逐漸消退。搭著計程車回到自己的住處時，最想做的是躺在自己的床上好好睡一覺。

打開大門的鎖往裡一推，迎面就撲來一陣咖哩香味，肚子突然咕嚕咕嚕叫了起來。

「歡迎回來。」

穿著圍裙的她，滿面笑容地迎接我。跟我長得一模一樣的臉，從我的家裡出來迎接我，感覺真的很詭異。看到她天真無邪的笑容，突然想起，我曾經用這種笑容迎接過佐佐木嗎？

「我想妳一定很餓了吧，所以做了咖哩飯。妳要吃吧？」

我不發一語地穿上拖鞋，進入自己的房間。沙發前的桌子上已經準備好了餐點。我咬著嘴唇，崩潰似的往沙發上一坐，小聲地嘀咕著：

「……拜託，妳是我的老婆嗎……？」

就這樣錯失了發飆的時機。原本想一看到她，就給她一巴掌，可是她這樣笑盈盈地出來迎接我，教我怎麼發飆呢？

「我在等妳回來一起吃，我也餓扁了呢。」

她用托盤端著兩份咖哩飯進來。

「佐佐木呢？」

「不知道，應該不會回來吧。昨天已經回來過了，今天可能會外宿吧？來，吃吧。我煮的咖哩很好吃喔！」

我默默地將咖哩飯送進口中。分身做的咖哩飯，比我做的好吃幾百倍，這讓我有點不高興。

我翻著白眼，看著大口大口吃得很高興的她，視線很自然地移到她肚子的位置。

「妳的食慾不錯嘛。」

「啊？」

「妳不是懷孕了嗎？不會害喜想吐嗎？」

我說這話的時候充滿挖苦嘲諷的意味，可是她卻面帶笑容，悠悠地回答，

「這個嘛，我是不會想吐啦，不過像咖哩飯或是鰻魚飯，這些平常不太敢吃的東西，現在卻變得想吃得要命。懷孕的時候，飲食的好惡好像會改變不是嗎？」

我狠狠地把湯匙丟在桌上，直勾勾地瞪著她。看她一副悠閒安逸，不慌不忙的樣子，眞的很想賞她一個巴掌。

「我問妳，妳眞的懷孕了嗎？看過醫生了嗎？」

「還沒。不過我去藥房買了驗孕棒回來驗過了，的確懷孕了。」

「誰的小孩？」

我不禁大吼出聲。正把咖哩飯送到嘴邊的她，驚愕地抬起頭。

「到底是誰的小孩？我可不准妳說不知道喔！」

她嘆了一口氣，放下湯匙。

「妳冷靜一點嘛。」

「妳給我說！到底是誰的小孩？」

「妳不用這麼凶，我也會說的啦，是牧原的小孩。」

「……啊？」

「就是牧原啊。妳的舊情人，牧原。」

她說得很乾脆，說完還拿起桌上的水杯咕嚕咕嚕地喝著水。我一把將那個水杯揮掉，飛出去的水杯撞到五斗櫃的一角發出巨大聲響。

我們兩人都沒有看向玻璃碎片，狠狠地瞪著對方。

「沒有想到妳是這麼輕浮的女人。」

我實在氣不過，說出了這句話。這種憤怒到逼近憎恨的情緒，我不曉得該用什麼話語來表達。

「妳還眞敢說呀，妳還不是跟我老公上床了。」

她的嘴角浮現一抹微笑，但眼裡卻沒有笑意。我好像快被她圓睜睜的瞳眸吸食進去了。

「這是因爲……」

「我連妳老公的手都沒有握喲。還是說，如果是跟佐佐木那就沒關係？允許別人跟自己的老公上床，卻不允許跟以前的舊情人上床，這也未免太矛盾了吧？」

被她這麼一問，我竭力搜尋答案。但是，連半句話都想不出來。

「坐下來嘛，妳動不動就變得歇斯底里的。就是這樣，佐佐木才會討厭妳。」

「多管……」

「沒錯，我的確多管閒事。」

她站起來，走到我坐的雙人沙發這邊，然後，拉起我的手，在我旁邊坐下。

「妳跟河見上床的事，我一點責怪妳的意思都沒有。」

「……」

「可不是嗎？因爲所謂的交換生活，就是連上床的對象也交換了不是嗎？」

她將我的手放在她的腿上，用她的雙手溫柔地覆蓋著。頓時，我好像被施了魔法似的，全身的力氣都放掉了。

「所以，妳也沒有資格責怪我，明白了吧？」

「可是妳居然懷孕了……」

「我不是故意的，是自然發生的。」

我甩掉她的手，目不轉睛地瞪著她。

「爲什麼妳不避孕呢？」

「不要問這麼露骨的事嘛。」

我無視於她咯咯的笑聲，繼續追問：「我看，妳是故意懷孕的吧？」

「太過分了。再怎麼樣，我也不會故意去做這種事。這是意外，純屬意外。」

無論怎麼逼問，總是被她輕易地閃躲掉。我疲憊不堪地以雙手捂著臉。接著，頭又開始痛起來了。

「我看，今天還是先去睡覺吧？妳的氣色很差喔。」

她靜靜地撫摸我的頭髮。我連將她的手揮掉她的力氣都沒有，只能喃喃地說：「……妳倒是一副很鎮靜的樣子嘛。」

「啊？」

「今後妳打算怎麼辦？妳想生下這個孩子嗎？河見怎麼辦？」

「這些事情明天再慢慢談好嗎？妳眞的臉色蒼白喔。」

「不要敷衍我。」

我想大聲咆哮，但只能發出虛弱的聲音。我覺得自己眞沒用，又不甘心，眼淚就快要掉下來了。

「我不會給妳帶來困擾的。」她聳聳肩，一副胸有成竹的樣子繼續說。「我打算跟牧原結婚，小孩也會生下來。」

她帶著淺淺的微笑，看著瞠目結舌的我。

「妳認爲這種事眞的辦得到？妳已經結婚了耶，而且牧原他……」

我還沒說完，她就伸手制止我。

「這些我都知道。所以，我希望妳能夠幫助我。」

「幫助妳？」

她點點頭。

「牧原以爲我是佐佐木蒼子。」

「這是當然的囉。」

「反正跟他說什麼分身的事他也聽不懂，所以，我希望妳能暫時把妳的戶籍借給我。」

霎時，我眞的聽不懂她在說什麼。她以熱切的眼神繼續說明。

「我想徹底變成妳。首先跟佐佐木離婚，然後再跟牧原結婚。然後，等我跟牧原的生活穩定之後，如果妳想跟佐佐木再婚，就再嫁給他，如果不想就保持這樣。」

「聽妳在胡說八道！」我不禁大聲怒吼。「妳剛才不是說，妳不會給我帶來困擾嗎？」

「我不會給妳帶來困擾，我只是希望妳能幫忙而已。」

「開什麼玩笑！爲什麼我要離婚？妳想跟牧原結婚的話，自己跟河見離婚就好啦！」

「妳到底有沒有聽清楚啊，牧原他以爲我是佐佐木蒼子耶。如果我跟他說其實我不是佐佐木蒼子，他會相信嗎？再說，河見怎麼可能答應跟我離婚呢？更何況妳是踢了河見的『那裡』跑出來的，我如果去跟他談離婚的事，他不把我殺了才怪。」

「那妳就不要管什麼戶籍，兩個人自己去生活不就好了。」

「因爲牧原說他想正式結婚啊，萬一他問我爲什麼不提出結婚申請書，我該怎麼回答？根本沒辦法回答嘛。再說，小孩子總會長大的。爲了小孩，我必須有正式的戶籍。」

聽她接二連三說個不停，我不禁搖搖頭。頭痛欲裂，已經痛到我的腦髓裡了。

「不要說了。爲什麼我非離婚不可？我可不想爲妳做這種事。」

我以爲她會立刻反駁，沒想到她卻靜默不語。原本抱著頭的我，覺得不可思議地抬起頭。一抬頭就看見她眉頭輕蹙的表情，一副很悲傷、很哀怨的樣子。

「爲什麼妳不想離婚呢？」

「啊？」

「我實在搞不懂妳在想什麼。佐佐木外面有女人喔。不止有妳，他還愛著別人喔。都這樣了，爲什麼妳還要黏著他？拿了贍養費跟他離婚，重新開始自己的人生比較好不是嗎？況且妳還年輕，這話由我來說可能有點那個，妳長得很漂亮啊，以後遇見好男人的機會還多得是呢！」

「妳這是在安慰我嗎？」

「我沒有這個意思。」

「算了，不要再說了。就照妳剛才說的，明天再談吧。」

我單方面地終結話題。全身疲憊無力，已經無法再思考了。

她聳聳肩站了起來，去收拾玻璃碎片。我也迫於無奈地在她旁邊蹲下，準備收拾玻璃碎片。

「我來收拾就好。妳身體眞的不太舒服吧，還是早點上床休息比較好。我可以睡沙發。」

當然囉，那是我的床耶。我在心裡嘀咕。

「那，不好意思，拜託妳囉。我去洗個澡。」

「嗯。」

正要走出房間之際，我突然回頭。她正把髒盤子放在托盤上，我問：「喂，家裡有頭痛藥嗎？」

「啊？」

「我頭痛得要命。我以前不會頭痛的，不曉得怎麼搞得……」

話一說完，她睜大雙眼看著我。我歪著頭納悶，這有什麼值得大驚小怪的嗎？

「……妳是今天才開始痛的嗎？」

「大概從兩個禮拜以前開始的吧，突然覺得頭變得很重。上了飛機之後，就一陣一陣地刺痛起來，可能是太累了吧。」

「一定是的。我去拿藥給妳，吃了就去睡吧。」

她露出一抹盈盈的微笑。

我受不了她那如花綻放般的笑容，狠狠地將門關上。

第二天早上醒來，她就不見了。

床邊的矮桌上留了一張紙條，我隨手拿起來看，上面只寫著，她要去醫院。

頭雖然沒有像昨天那樣劇痛欲裂，但依然很重。我懶洋洋地起身，去廚房沖咖啡。

昨天晚上，佐佐木好像沒有回來。我端著咖啡到玄關，從郵筒裡抽出早報，回到自己的房間。

時序已經三月了，依然沒有春天的氣息。我打開暖氣，又窩回床上，靠著枕頭，喝著咖啡。然而我卻不想打開早報，只是隔著窗簾望著灰沉沉的天空。

我實在不願多想，但是腦海總是浮現另一個蒼子的身影。

原來分身也會懷孕啊？她會這麼急著去醫院，一定是想確認自己是否眞的懷孕吧？

我用手指按著太陽穴，繼續想下去。

如果她眞的懷了牧原的孩子，今後該怎麼辦呢？還是勸勸她把孩子拿掉吧？可是，該怎麼勸她呢？

我有一種直覺，無論如何她都會把肚子裡的小孩生下來。

我放下咖啡，輕輕摸著自己的肚子。第一次見到她的時候，她還問我，爲什麼不生小孩呢？當時我是怎麼回答的？說我不想生嗎？

我的確不太喜歡小孩。每次看到一堆小學生吵吵鬧鬧，我就嚇得退避三舍。不過，我也沒有堅持不生小孩。如果佐佐木想要的話，我會考慮生的。可是佐佐木並不想要。跟他結婚一年後，他連我的手都不碰了。

這是嫉妒嗎？

我痛苦地抱膝沉思。我這一輩子，都將抱著空虛的子宮過活，而長得跟我一模一樣的她，卻有了充實的子宮，且即將留下子孫。

牧原是怎麼想的呢？他是眞的想結婚嗎？說不定牧原還不知道她懷孕的事呢。結婚這件事，或許只是她一廂情願吧。

打個電話給牧原吧。

我這麼想著，隨即拿起床邊的電話。雖然曾想到他可能去上班了，不過還是先打去他家看看吧。結果，不出所料，電話沒人接。接著我想打電話去百貨公司，不過隨即想到，還是直接去找他比較快，便下了床。

想換衣服，打開衣櫃。看著衣櫃裡整排的衣服，我嚇了一跳。

洋裝變多了。而且，衣櫃裡有許多從沒看過的衣服，我不記得我曾買過這些衣服。一件一件地拿出來放在床上、有三件外套、兩件洋裝，還有裙子、襯衫和羊毛上衣，全都是名牌高檔貨。

我愕然地看著這些光鮮亮麗的新衣服。這些衣服是她帶來的嗎？不，我們當初講好互相使用彼此的衣服和日用品，她離開福岡的住家時，只帶了一個小型的旅行提包。這些衣服，一定她用我的信用卡買的。

「這實在太扯了……」

我自言自語，渾身發抖。

的確，我把我購物用的信用卡給了她。因爲我想，上街的時候，總會想買兩三件衣服。但是，總要有個限度吧。我把信用卡給她，並不是讓她揮霍無度的。

我打從心裡後悔不已，我太信任她了。我一廂情願地認為，既然是我的分身，應該不會做我討厭的事。

然而，她並不是我。

就如我考慮到自己的利益一樣，她也會考慮她自身的利益。而且這兩種利益，未必一致。既然如此，正面衝突或許是難免的。

儘管是分身，但究竟是別人。擅自拿別人的錢去用，這不是小偷的行徑嗎？

當「小偷」這個字眼浮上腦際，我心頭湧起一股強烈的不安。她該不會只是盜用了我的信用卡，還偷了什麼東西吧？

我連忙打開衣櫥的抽屜，因為裡面放了很多貴重的物品，例如存摺、護照、鑽戒等等。結果訂婚戒指還在裡面，存摺和駕照也都沒有丟。鬆了一口氣後，我想起她去醫院的事。

我走出自己的房間，來到客廳。音響櫃的最下層抽屜裡，放著我和佐佐木共同使用的東西。我帶著祈禱的心情打開那個抽屜。

家裡的備用鑰匙、緊急時用的蠟燭、冷氣的保證書……我從上層一一將這些東西取出，放在地板上。我猜得果然沒錯，只有健保卡不見了。

憤怒之餘，我感到無盡的悲哀，也對她產生一股輕微的恐懼。

我得想想辦法才行。讓她繼續這樣爲所欲爲的話，事情會鬧到無法收拾的地步。我立刻出門，總之要先找牧原談一談才行。

出了公寓後，走到最近的巴士站，在寒風裡凍得發抖。原本我想搭計程車去，但這個時候沒有空車經過。正考慮用電話叫車的時候，巴士來了。

久違的銀座，映照著厚重的烏雲，顯得暗沉沉的。人行道上的行人，個個都冷得縮緊脖子。

但是，百貨公司裡是春天。走在粉色系的服飾之間，冰冷的指尖都暖和了起來。我連忙走向牧原工作的婦女服飾部。快中午了，我得趁他去吃午飯前逮到他。

我躲在離他負責的櫃檯有點距離的地方窺探。收銀機前有個沒見過的女生，好像正在整理單據。除此，看不到其他店員。我一走進賣場，那個女生只說了一句「歡迎光臨」，又繼續埋頭整理她的單據。

「請問，牧原先生在嗎？」

我這麼一問，女生抬起頭來。

「啊，他今天請假耶。」

「啊？請假？」

我露出驚愕之色，她目不轉睛地看著我。

「不好意思，您是上個禮拜買了一件洋裝的客人吧？」

看來未滿二十歲的少女，露出天真無邪的笑容。

「……啊？」

「您來找牧原，然後買了一件櫻花色的，啊，就是那一件，您買了一件同款的洋裝對不對？」

順著她的指尖望去，看到一件淡桃色的洋裝。今天早上，我的確在衣櫥裡看過這件衣服。

「哦，是啊，那時候眞的很謝謝你們。」

「明天，牧原來上班的話，我會告訴他您來找過他。不好意思，請問您尊姓大名？」

「不用了，我明天再來，麻煩妳跟牧原說一聲。」

語畢，我匆忙離去。很清楚地感覺到，冷汗在胸前淌流。

原來她已經來過這家百貨公司好幾次了。我曾想到這一點，不過當它成爲事實衝擊過來，我還是受到很大的打擊。

出了百貨公司，我走進附近的一家咖啡館。雖然食慾全無，但心裡湧起一股非吃不可的義務感，於是點了一份午餐。

饒不了她。

我這麼想著。

午餐送來後，我默默地將它往嘴裡送。腦海裡重複著「我饒不了她，我饒不了她」，就這樣，盤子上的東西漸漸不見了。

飯後喝著咖啡的時候，我意識到自己已經恢復元氣。

「很好！」我在心裡暗忖。

既然她敢這麼做，我就跟她拚了。我一點都不覺得誇張。

另一個蒼子，根本打從一開始就不想遵守約定。用我的信用卡大肆採購她喜歡的東西；特別交代她不要去百貨公司，她還是去了；還勾搭我的舊情人，甚至懷了他的小孩。壞事幹盡還裝出一副無辜的樣子，對著我微笑。

「開什麼玩笑！」

我忘了身在咖啡館，不由得自言自語起來。鄰座的上班族驚愕地看了我一眼，但我根本不以爲意。

托著臉頰、喝著咖啡，我想著牧原的行蹤。

當然，他極有可能因爲別的事情請假，可是她既然去婦產科，當然也有可能以此爲由叫牧原陪她一起去。牧原生性溫柔體貼。如果她說她會害怕，叫牧原陪她一起去，牧原想必會放下工作請假陪她去吧。

我用指甲叩叩叩地敲打桌子。

果眞如此，事情就麻煩了。我一定要想辦法讓牧原知道，她不是佐佐木蒼子，而是跟河見結了婚的女人。

但是，我跟她的外貌長得一模一樣。要怎麼跟牧原說，他才會明白呢？

突然靈機一動，我停止用指甲敲桌子。

那麼，把那些只有我跟牧原知道的事情，在她面前暴露出來不就結了？譬如去旅行吃的東西、我送給牧原的禮物，只有我跟他才知道的事情多得數不完。

「……慢著……」

我喃喃地說著，抬起頭。

我怎麼這麼笨，怎麼沒有想到這個呢？

牧原，是我先認識的，不是她，是我先見到牧原的。

仔細回想一下。就如在福岡遇見的那個賣保險的歐巴桑一樣，如果我和她同時出現在牧原面前，牧原應該看不見她。

不只是牧原，佐佐木也是，河見也應該一樣。

我不禁噗嗤笑出聲。好好笑，太好笑了，一直笑個不停。

打從一開始，她就不可能會贏。她只是我的分身罷了。影子不可能贏得了本體。

在剛才的上班族眼裡，突然放聲笑出的我一定像神經病，我逃竄似的起身離去。

這一天，我無法見到牧原和她。牧原那邊，明天去百貨公司就能見得到，但是她什麼時候才會回家呢？這讓我感到忐忑不安。

她該不會就這樣不回來了吧？深夜，我躺在床上想著，難道她想就這樣帶著我的健保卡和信用卡消失無蹤，徹底變成我，在某個我不知道的地方活下去嗎？

健保卡和信用卡都可以掛失重新補發，過不了多久，她就不能用了，這一點她應該知道呀。明知如此，她還想從我眼前消失的話，想必有了相當的覺悟。

我才不會讓她逃掉！

被窩裡沉潛著怒意和鬥爭心。我受不了她如此胡作非爲，但也多少明白她的心情。

到了東京嘗到自由生活的滋味後，她理應會對過去和河見的生活產生質疑。如果我不曾提出交換生活的想法，儘管她有時會被毆打，也會繼續過著自認平穩幸福的生活。是我讓她對她的人生起疑的。

她跟我一樣，一定也走到了瓶頸，不曉得往後的日子該怎麼過下去。這時，牧原出現了。我和她原本是同一個人，所以對男性的喜好類型也應該差不多。

她會對坦率開朗的牧原產生好感不足爲奇，接著，過程究竟如何我不得而知，但他們的確上了床，也有了孩子。對她而言，就像在渡口碰到了船，不知道何去何從的時候，出現了該做的事情。

牧原一定會是個好爸爸。雖然他有點靠不住，但應該會很珍惜家庭。最重要的是，他不是一個會施暴的人。努力想過這種和平安詳的生活，也是人之常情啊。

如果她眞的就這樣從我眼前消失的話，那就不要去找她了，放她一條生路吧。以她那種個性，一定會說服牧原，搬到不會遇見我的地方。這樣不也很好嗎？

畢竟，我不希望她過得不幸啊。

心情變得柔軟之後，終於逐漸有了睡意。

太天眞了，我實在太天眞了。

我不該對她釋出善意的，眞是大錯特錯。

第二天，我警覺到我的錯誤。

這天早上，我隨著頭痛醒來。渾身疲累無力，還開始咳嗽。我以爲是感冒，吞了感冒藥又回躺回床上。

想到要打個電話給牧原才行，可是身體就是不聽使喚。或許眞的太過疲累了，短短的期間發生了太多事情。至少今天一天，想好好睡個覺。

偏偏一直睡得很淺，大約中午過後醒來一次，接著又昏沉沉地睡得不太安穩。空腹感愈來愈強，抬頭看了一眼時鐘，已經下午三點。

我慢吞吞地起身，穿著睡衣走到廚房，煮了義大利麵吃，熱了牛奶喝。頭痛緩和許多，但是身體一直疲累無力。知道該打個電話給牧原，可是總提不起勁。可能是吃了東西的緣故，睡意又逐漸襲來，整個人昏昏欲睡的。

想在沙發上靠一下，突然傳來大門的開門聲。我嚇了一跳站起來，是她回來了嗎？連忙走到走廊一看，佐佐木在玄關脫鞋，他也一臉驚愕地回望著我。

「怎麼，妳在家啊？」

佐佐木露出淡淡的微笑。他的領帶歪歪的，西裝也有點髒，不同於平常總是光鮮筆挺的他。

「你怎麼會在這種時候回來？出了什麼事嗎？」

我是眞的很震驚地問。

「喝酒喝到天亮，然後在美樹那裡過夜，所以現在才回來。」

我瞠目結舌地聽著他這番話。美樹就是他那個情人。然而，儘管她的事在我們之間已經很公開了，但他從來沒有在我面前說過她的名字。而且他說這話的時候臉上還帶著微笑，好像在跟我報告他在朋友家過夜般地自然，一點惡意也沒有。

「妳身體不舒服啊？」

看我穿著睡衣，他這麼問。

「有點感冒，睡到剛剛才起床，沒什麼大不了的。」

「這樣啊，妳要好好保重身體喔。妳現在已經不是普通的身體了。」

「……啊？」

他一邊說著，還拍拍我的肩膀，然後逕自往客廳走去。我連忙回頭看著他的背影。

「昨天眞的很抱歉，我一時失去理智。」

我追著佐佐木進去，他有點難爲情地說。

「妳可能覺得我是個很狡猾的男人吧。平常對妳那麼冷漠，但當妳眞的提出離婚時，我居然會受到那麼大的打擊，連我自己都很驚訝。」

他把領帶放鬆，咚地一聲坐在沙發上。

「如果妳是一個人，我可能不會那麼震驚。可是還有那個……那個叫什麼牧原來著？因爲還有他的關係吧。他居然跟我說，他比我更能給妳幸福。又不是在演連續劇！」

佐佐木呵呵呵地笑著，看著我的臉。我根本搞不懂他究竟在說什麼。

「……你在說什麼？」

「啊，不要生氣喔，我不是在說他的壞話。他一定可以給妳帶來眞正的幸福吧。不過，我眞的很受不了自己怎麼那麼沒出息，想到妳被別人搶走居然會覺得惋惜。爲了痛下決心，我灌了一整晚的酒。」

我睜大了眼睛，凝視著一反常態滔滔不絕的佐佐木。這究竟是怎麼回事？他到底在說什麼？

「離婚吧，蒼子。」

佐佐木抬起頭，清楚地說。我驚愕地看著他嚴肅正經的表情。

「離……離婚……？」

「既然有了小孩就沒辦法了。爲了那個孩子早點辦好離婚手續吧。我記得，女人好像要離婚半年之後，才能入籍成爲別人的妻子吧？」

佐佐木的話在我腦海裡轉個不停。我求他的？我什麼時候求過他跟我離婚？

「妳什麼時候要搬去牧原那裡？我也想早一點搬到美樹那裡去。盡快把這間房子賣掉吧，賣了的錢都給妳。雖然妳說妳不要什麼贍養費，可是我畢竟讓妳痛苦了好幾年。」

「夠了，閉嘴！」

無意識之間，我放聲大叫。佐佐木嚇得站起來，然後走到我身邊，握住我的雙手。

「怎麼啦？瞧妳臉色蒼白的。看來妳真的身體不舒服啊，還是去看看醫生吧……」

「不要說了！」我甩掉佐佐木的手。

「蒼子？」

「被騙了，我們兩個都被她騙了！」

我放下一臉錯愕的佐佐木，跑回自己的房間。拿起電話，手指顫抖地按下牧原家的電話號碼。

什麼跟什麼，怎麼有這種事？

電話鈴聲響起，響了五聲之後切到留言機。我對著牧原「我現在不在家」的留言大叫道：「其實妳在對不對?!我知道妳在！在的話就出來接電話，妳這個卑鄙無恥的傢伙！」

大聲吼叫的同時，我咳個不停，難過到眼淚都流下來了。咳嗽緩下來之後，電話那頭傳來她的聲音。

「……妳還好吧？」

「妳還好意思問我好嗎？我一點都不好！我問妳，妳跟佐佐木說了什麼？妳這麼做太卑鄙了吧，妳把我當作什麼啊？」

儘管我來勢洶洶罵個不停，她依然靜默不語。

「我不會讓妳稱心如意的。既然妳要來硬的，我也不會示弱。要破壞妳跟牧原的感情對我來說輕而易舉，我會做的比你更毒！」

漫長的沉默後，她終於吐出一句話。

「……我錯了。」

「本來就是妳錯！既然知道錯的話，爲什麼要做這種事？還有，把我的健保卡跟信用卡還給我。妳是個小偷耶，妳懂不懂啊？」

「嗯，對不起。」

「眞是的。總之，我現在要去妳那裡。妳要是敢溜的話，我絕對不會放過妳。就算妳逃了，我從牧原那裡還是能馬上查到妳的下落。」

我掛了電話。

匆匆忙忙換好衣服，我連佐佐木在說什麼都沒理他，立刻衝出門去。

我想過跟佐佐木說明，昨天去向他請求離婚的人不是我，但是光用嘴巴說，他是不會明白的。還不如把她帶到佐佐木面前，讓佐佐木知道她是我的分身，這樣比較一目了然。

攔了一輛計程車，我趕往牧原位於目黑的住處。

剛開始跟他交往的時候，我去過牧原家幾次。幫他整理凌亂的房間，親手下廚做菜給他吃，覺得開心無比。可是，這樣的時光並沒有持續很久。因爲後來，牧原對我的付出逐漸沒有感謝之意，擺出一副理所當然的樣子，從此我就不再做賢慧老婆會做的事。

車子行駛在懷念的路上。我在曾經熟悉的藥房前下車，他家就在藥房的後面。一下車，一陣冰冷的氣息撲上臉頰，看來好像快要下雨了。我小跑步爬上公寓的鐵製樓梯，按下牧原家的門鈴，過了片刻的沉默，門靜靜地打開了。

「請進，妳來得好快哦。」

她笑著說，一臉好像玩捉迷藏被抓到的小孩似的表情。我不禁納悶，爲什麼她碰到任何事都能笑得出來呢？

我不發一語，走進屋內。一進來就令人不快，眉頭輕蹙。上一次最後來這裡的時候，這是個連走路都很困難的凌亂一房一廳公寓，如今卻整理得井然有序。

「要不要喝點什麼？天氣這麼冷，喝熱可可好嗎？」

背後傳來她的聲音。

「我不需要那種東西。」

我一邊脫著大衣，回頭看著她。

「比起茶水這種事，妳首先應該有什麼話要對我說吧？」

她噘著嘴，然後聳聳肩。

「我做了那麼自私的事，對不起。」

「沒錯。」

我坐在沙發上，她去廚房準備熱可可亞。我的臉頰因芬芳可口的味道而逐漸變得舒緩，我用手掌輕輕拍著臉頰。

這是她的戰術，當有人發火、對她造成壓迫威嚇的時候，她總是不予抵抗地將矛頭轉向別的地方。我不用這種方法，有什麼不高興，我總是直接頂回去。這一定是她和河見的生活中，學會了這種岔開問題的伎倆。

但是，今天我不會中她的計了。我毫無笑容地喝掉她端來的熱可可。

「我的衣櫥裡，有好多從來沒看過的衣服耶。」

她雙手拿著杯子，低著頭。

「誰答應妳毫無節制地亂買東西的？」

我說著攤開右手伸向她，她一臉不解地看著我的手掌。

「信用卡和健保卡，還給我！」

爲什麼她的反應這麼遲鈍呢，我在心裡不耐煩地念著。接著，她緩緩站起來，從自己的皮包裡拿出信用卡和健保卡，面無表情地交給我。

「還有，妳把昨天的事情說清楚。」

「去見佐佐木的事？」

「除此之外還有什麼?!」

我一拉高嗓門，她就嘆了一個她很拿手的氣。

「妳別這麼生氣嘛。」

「妳把我當白痴耍是不是?我當然生氣囉。妳幹的事根本就是小偷和詐欺。爲什麼要這樣對我?難道妳這麼恨我嗎?」

她露出些許哀傷之色。放下杯子，懶洋洋地撥開劉海。

「昨天，我跟牧原一起去醫院。」

我猜得果然沒錯。

「我眞的懷孕了。牧原興奮得要命，說無論如何一定要跟我結婚，還說馬上要去找佐佐木，把所有的事情都跟他說。我阻止過他，可是他根本不聽。」

「所以，你們兩個就去找佐佐木，說妳懷了牧原的小孩，要佐佐木跟妳離婚?」

我目瞪口呆地問，她默默地點頭。

「妳這個人……妳說妳有阻止他，這是騙人的吧?事情剛好往妳期待的方向走，其實妳高興得要命吧?」

我這麼一逼問，她緩緩地垂下睫毛。「對妳或許很過意不去。」

「開什麼玩笑!妳又不是我，妳有什麼權利這樣胡作非爲!」

她不理會我說的話，突然反問我。「佐佐木怎麼說？」

「啊？」

「你們見過面了不是嗎？他到底說了什麼？」

我不解地瞪大眼睛看著她。

「說了什麼……他說要離婚啦。」

「只有這樣？」

「……他還說昨天失去理智，很抱歉，還說牧原一定能給我帶來幸福，還有男人很狡猾之類的話，就是這樣囉。」

「這樣啊。」

她聽了之後，露出一抹曖昧不清的微笑。

「幹麼，到底怎麼回事？」

「昨天，佐佐木他還打了牧原呢。」

「啊？」

「而且是在咖啡店裡面喔，嚇了我一大跳。他一定很嘔吧。」

我瞪著她含笑的嘴角，像要把她吃下去似的。

「我覺得，佐佐木說不定還愛著妳。因爲心愛的女人被搶走了，所以覺得很嘔。不過又好像不是。佐佐木一定是自尊心太強了，他可以接受自己主動離開，卻無法忍受被對方甩掉。」

「妳到底想說什麼……？」

我控制不住自己的情緒，說話的聲音有點顫抖，心跳愈來愈快。佐佐木打了牧原？不會吧，他會做出這種事？

「那種人，跟他離婚是對的。以前一直放著老婆不管，現在老婆要被人搶走了才覺得惋惜，這種人最低級了。」

這時，突然啪地一聲，傳來一陣尖銳的聲音。我看見眼前的她搖晃倒地，用手抓著地毯。過了半晌，我才意識到我打了她。

「低級的人是妳，」我呻吟般地說，「佐佐木說不定還愛著我？看到我被別人的男人搶走了，終於察覺到其實他還是愛著我的？」

臉頰上有東西滾下來。不曉得什麼時候，我已經開始啜泣。她面無表情地看著我。

這時，我第一次察覺到自己眞的好傻。其實我一直愛著佐佐木，我極度渴望愛情，但他卻不能給我。我只是想對他的冷漠還以顏色罷了。

如果現在說出眞心話，或許可以跟佐佐木重新來過。

我拉著她的手站起來。

「走吧，去穿外套。」

「走？走去哪裡？」

「去我家呀，去見佐佐木。見了他，問他毆打牧原的理由吧。看看是否像妳說的，只是因爲自尊心受傷，還是因爲他依然愛著我，去問問本人吧。」

她的眼中第一次露出狼狽之色。這是當然的囉，兩人若同時出現在佐佐木面前，分身的那一個是看不見的。

「我不要！」

「妳非去不可！一定要讓佐佐木知道，向他提出離婚的的人不是我，而是一個長得跟我很像的詐欺師。」

此時，外頭傳來上樓梯的腳步聲，拉著彼此的手的我們不禁面面相視。

「是牧原嗎？」

「應該不是，還不到六點。」

就在這時，傳來鑰匙開門的聲音。她的臉頓時一片蒼白。

「求求妳，躲起來。」

她很用力地拉著我手。

「我這輩子就求妳這一次，我知道我沒有什麼資格拜託妳。不過，請讓我拜託這一次，我不想在牧原面前消失啊。」

我第一次看到她這樣拚死拚活的樣子。她打開落地窗，想把我推到陽台上。由於她的力道太強，我就這樣順勢被推到陽台上。

但是，已經太遲了。正當我在穿陽台上的拖鞋時，牧原已經進來了。

「蒼子？」

我和她同時回頭看著牧原，牧原一臉驚愕地看著這個方向。

「妳打開落地窗做什麼呢？」

「因爲我聽到貓叫聲……」

她語氣顫抖，喃喃地說。接著牧原輕笑一聲，往這裡走來。

「牧原！」

我開口叫他。但是，他眉頭動也不動地走到落地窗旁，探頭往外看。我和他的肩膀近得幾乎碰到了，可是他卻連看也不看我一眼。

「最近，隔壁的傢伙開始養貓。算了，隨他去吧。不過妳不要拿東西給貓吃喔，萬一牠黏在我們這裡不走就糟了。」

牧原說著還輕輕地拍拍她的頭，她睜大了眼睛看著我。

不會吧？

沒看見？牧原看不到我？

我不由得把手伸向牧原的背。

「牧原，是我啦。其實你看得見對不對？不要鬧了啦！」

我很用力拍他的背，還拍出了聲音。牧原突然回頭一望，和我四目相交，看了我一會兒之後，一臉納悶地歪著頭。

「剛才是妳拍我嗎？」他凝視著她的臉。

「我沒有拍你啊……」

「這樣啊？眞是怪了。唉，算了。今天我去拜訪客戶，所以就直接回來了。怎麼樣？後來佐佐木有沒有又說什麼？」

牧原說著反手將落地窗關上，落地窗就在我眼前砰地一聲被關上。

我呆呆地佇立在陽台上。冰冷的雨打在臉上、肩上。由於事發突然，我腦海一片空白。

這是怎麼回事？牧原看得見她，可是卻看不見我？

屋子裡，她不曉得在跟牧原說什麼。這麼一來，我不就像幽靈一樣了嗎？可是我明明在這裡，明明在這裡啊……

「快點進來！」

落地窗突然開了，我愣了一下回過神來。

「我叫牧原出去幫我辦事了，趁這個時候快走吧。」

她一邊穿上外套，快速地說。在她的催促下，我離開了牧原的公寓。路邊剛好來了一輛計程車，我和她快速地鑽進車裡。

不知不覺，太陽已然西沉。街燈和對面車道的車頭燈映照在車窗上，夾雜著雪的雨滴也打在車窗上。

我和她陷入片刻沉默。不曉得是寒冷還是驚恐，我的牙齒拚命打顫，發出咔咔咔的聲音。可能是藥效退了，頭又開始痛起來。

突然，她將手伸向我，輕輕握住我的手背。我連甩掉那隻溫暖的手的力氣都沒有。

「……他好像看不到妳耶。」

她突然吐出這句話。被迫面對不想承認的事實，我頓時啞口無言。

「太驚人了。我一直以爲會消失的人是我呢。」

「……我也這麼認爲啊。」

「喂，妳記得小金剛的主題曲嗎？」

「啊？」

對於她唐突的問題，我不禁眉頭輕蹙。

「妳在說什麼呀？」

「就是『原子小金剛』啊，妳會唱嗎？」

「這時候說說這個幹麼？」

「有什麼關係，回想一下嘛。」

被她這麼強力催促，我試著哼原子小金剛的主題曲，但卻想不起旋律和歌詞。

「……剛開始怎麼唱啊……？」

「那，Pink Lady 的〈UFO〉呢？」

我以手指按著太陽穴。不管怎麼想，兩首歌都想不起來。想著想著，頭愈來愈痛。

「我不想了，不想頭都痛得要命了。妳問這個做什麼？有什麼意義嗎？」

「我在福岡的時候也是這樣。」

「……什麼意思？」

「有名的歌曲，或是應該知道的大新聞，不曉得爲什麼就是想不起來。聽到別人提起，也只能回答『哦，這樣子啊』，根本搞不懂怎麼回事。還有單身時代的事，只要稍微想一下就會頭痛。」

我看著她的臉。她的側臉籠罩著黑影，看不出表情。

「不過來到東京，見了牧原之後，我的頭痛不可思議地完全好了。小時候的事情，也都清清楚楚地回想起來了。」

我意識到我手心冒汗。

「……不會吧？」

「我也覺得很訝異。可能是我懷孕之後，妳變成分身了。所以頭痛也轉移到妳那裡去了。」

「這太扯了吧！」

我不禁提高嗓門，連司機都一臉驚愕地回頭看了一眼。我連忙閉上嘴巴。

「爲什麼？妳騙人，不可能發生這種事。」

我討厭聲淚俱下的自己，不停地搖著頭。

「冷靜一點。」

「妳騙人，妳跟牧原想聯手騙我對不對？」

「所以我們才要去見佐佐木啊，確認一下佐佐木的眼裡，究竟能看到誰？」

聽她這麼一說，我才留意到車子行駛的方向。她是何時將地點告訴司機的呢？我剛才整個人驚慌失措，根本沒注意到。

「我不要，我不要去……司機先生，麻煩轉回去。」

她連忙堵住我的嘴。

「不好意思，她喝醉了。請不要介意。」

她嬌滴滴地對回頭的司機說完，接著表情一轉，狠狠地瞪著我。

「妳想逃？」

她目露凶光，一副想掐死我的樣子。

「剛才是妳說的，是妳說要帶我去佐佐木那裡。因爲妳確信佐佐木根本看不到我，對不對？我要反過來讓妳知道，妳剛才想做的事情有多麼殘酷。」

她死命地握住我的手，力道強到令人難以置信。

在公寓大樓前下了計程車，我猶豫著要不要甩開她逃掉？要出其不意跑掉的話，是有可能逃得掉。不過，接下來該怎麼辦呢？即使逃掉了，我也無處可去。更何況，如果我就此消失了，一切不就如她所願了嗎？我不能逃。

我跟在她的後面進入大樓，守衛室的管理員看著我們這邊輕輕點頭示意。

「他看到的是誰啊？」

我裝出一副強勢的樣子問。她按下電梯的按鈕，稍微歪著頭說：「誰知道，要不要去問問看？」

這時，電梯的門開了。我不發一語地走進去。她跟著進來，按下七樓的按鈕。

「妳打算怎麼做？」電梯上升的途中，我問她。

「什麼怎麼做？」

「就是接下來的事啊。如果我眞的變成分身，妳眞的變成本尊的話，妳打算把我怎麼樣？」

我雙手交叉，睥睨地看著她。我自己也知道這是在虛張聲勢，可是，爲了不要讓她太神氣，還是先擺出氣勢壓壓她比較好。

「我沒有打算怎麼樣啊……」

她低聲喃喃地說時，電梯門噹地一聲開了。我和她面面相覷，走出電梯。

我好緊張。明明是住了好幾年、司空見慣的走廊，卻感覺好像來到恐怖驚險的地方。

她先邁出步伐。我遲了幾步，終於跨出顫抖的腳。

走廊的左邊，有一整片朝外的窗戶。風好像愈來愈大了，灰濛濛的窗戶被吹得喀喀作響。可以的話，我眞想尖叫一聲拔腿就跑。

她已經轉過走廊的角落，再過去就是我家。我由衷地祈禱，佐佐木不在家。

我遲了幾步，也轉過角落。一轉過去就看到她的背佇立在眼前，我一個小不心撞上了她的背。

「怎麼啦？妳怎麼停在這裡？」

順著她的視線看過去，看到佐佐木正在關門。

我覺得全身血液突然停止流動，她也瞠目結舌地呆立站著。

佐佐木鎖上大門後，朝我們這裡看過來。他穿著大衣，帶著一個大型旅行箱。

他看著我們這裡，露出一抹淡淡的微笑，不是驚愕的表情。

喀喀作響的皮鞋聲愈來愈近。我動彈不得，連聲音也發不出來。

佐佐木走了過來，眼鏡後面的一雙瞳眸流露出溫和的神色。

「蒼子。」

他叫我的名字。

「我要去美樹那裡了，這裡就留給妳和牧原住。比較大的東西，我日後再來拿。」

這是在對我說嗎？求求你，是我啊，不要丟下我一個人。

我想這麼說，可是說不出口。

「我真的很愛妳。這不是謊言，至少決定結婚的時候，我真的愛妳比愛美樹還多。雖然現在說這個也無濟於事，但是如果妳對我講話的時候溫柔一點，事情或許不會走到這種地步。每次聽到妳尖酸刻薄的冷嘲熱諷，我就很想回到美樹那裡去。不，這不是妳一個人造成的，當然我也有錯。」

佐佐木露出一抹看破一切般的笑容。

「這一次，我眞的由衷祈禱妳能得到幸福。我們來個吻別吧。」
語畢，佐佐木伸出手。他的手碰到肩膀，接著吻上了唇。
「我走囉。身體不舒服的話，不要去外面走動比較好喲。」
佐佐木依依不捨地放開她的肩膀，然後離去。
我在一旁，像個木偶人似的呆呆佇立著。他的背影轉過走廊的角落，消失無蹤。
這時，眼前突然天搖地動。
接著，世界陷入一片黑暗。

ブルーもしくはブルー

the blue or the other blue

蒼子B

「妳怎麼了？醒一醒啊！」

河見蒼子連忙扶著崩潰般倒下的佐佐木蒼子。不過，她完全昏迷了，拍她的臉頰也不見她睜開眼睛。

她將視線移向佐佐木離去的方向，接著連忙閉上半開的口。即使把佐佐木叫回來，他也看不見她的身影啊。

蒼子拿出房子的複製鑰匙，打開大門，用力抱起昏倒在地的她，將她抱進家裡。

佐佐木蒼子全身發燙，燙得驚人，呼吸急促，看來是嚴重發燒。蒼子趴在她身邊，端詳著那張和自己長得一模一樣的臉。

牧原和佐佐木竟然都看不到她，這個打擊對她一定很大吧。蒼子確信自己不是分身，已經變成本尊，本體和影子互換了。

和牧原上床的第二天起，頭痛突然消失了，蒼子那時就覺得不可思議。之後，聽到從福岡回來的她訴說頭痛症狀時，蒼子大概就知道怎麼回事了。當然這只是猜想而已，蒼子認爲可能是懷孕之故，使得自己的生命力愈來愈強，以至於本體和影子的關係產生了對調。

倘若自己眞的是本體，就沒什麼好怕的了。無論在任何人面前，都不會突然消失不見。想到這裡，蒼子感到全身漾起一股安全感，再也不用受她威脅了。

對蒼子而言，當初和牧原發生關係，是有一點抗拒的。因爲她打從一開始就知道，如果和本體的她一起出現，牧原將看不見自己；同時也非常清楚，自己無法戰勝本體的她。因此，和牧原上床，並非有什麼具體的企圖，只是因爲牧原不是自己討厭的類型，而且本體的她好像對牧原還有感情，因此若跟這個男人上床的話，覺得有點得意罷了。這種有點自暴自棄的行爲，卻帶來了意想不到的幸運。當肚子裡懷了牧原的孩子時，自己也擺脫了影子的身分。

蒼子非常痛恨這個昏倒在眼前、和自己長得一模一樣的女人。

她是個心裡只有自己的自私女人，是個絲毫不會體恤別人的冷酷女人

被當作分身看待時，有多麼痛苦難捱，她一定連想都沒想過。

蒼子忘不了那天晚上的事——佐佐木蒼子在福岡做的事。她竟然拉著蒼子出去做實驗，想知道分身在什麼情況下會消失。那天的事，蒼子大概一輩子都忘不了。

當她確信自己不會從別人的眼裡消失時，根本忘了我的存在，毫不掩飾地流露出安心的嘴臉。然後像殘酷的女王似的，高高在上俯視身爲影子的我，嘴角露出的微笑彷彿在說「妳一輩子都無法違抗我」。

那個輾轉難眠的夜裡，蒼子切身地感受到，她打從一開始就沒有把我當作人看。對她而言，我只不過是個複製品。她會對我說溫柔的話語，也只不過是想利用我。

的確，我或許原本就是個就不存在的人。只要和本體一起出現就會消失般地、稀薄地存在。儘管如此，我也是個活生生的人啊。不是機器人，也不是鬼魂。就算她是本體，我也不容許她這樣命令我、威脅我。

那天深夜，蒼子悄悄地坐起身，凝視著身旁熟睡的另一個蒼子的睡臉。

打從第一次見面，就覺得她是非常討厭的女人。明明是同一個人，但無論如何她就是無法喜歡佐佐木蒼子。可能是因爲，她總是一副高高在上的樣子俯視著自己吧。

深知贏不了本體，或許終究非得聽她的話不可。然而，要蒼子對她唯命是從，她可是辦不到。於是蒼子在那晚下定決心，一定要想辦法將計就計，扳回頹勢。

就如同那晚一樣，此時換成蒼子高高在上地俯視著毫無防備的她。

倘若就這樣放著不管，她會有什麼下場呢？蒼子暗忖，她可能會死吧。

凝視著她的臉龐之際，蒼子的腦海裡浮現出一個念頭。這種時候，自己的腦袋還如此管用，蒼子不禁暗暗佩服自己。

這時，她不愼發出一點聲音，立刻正襟危坐地端詳佐佐木蒼子是否醒了，然而她並沒有張開眼睛。

得快點才行！

蒼子告訴自己，這種大好機會或許不會再有第二次，沒有時間猶豫了。

蒼子拿起她的皮包，把剛才被她拿走的健保卡和信用卡拿出來，放入自己的皮包裡。接著去她的房間，從衣櫃的抽屜裡拿出護照、駕照、存摺、印鑑等等，凡是可以證明身分的東西全都拿了出來，塞進自己的皮包裡。

回到玄關，蒼子抱起倒臥在的她，很辛苦地用肩膀扛著。可是，出了玄關走不到五步，她的身體就滑了下來。剛才因爲距離很近，多少還抬得動，現在這種狀況下想把她抬到樓下，眞的是相當艱難的大工程。

偏偏，又不能叫人來幫忙。不快點的話，被大樓的其他住戶看見就糟了。

蒼子用盡全身力氣，抬起她的身體。這時，她發出小小的呻吟聲。蒼子連忙低頭盯著她的臉看，她緩緩地睜開眼睛。

「……蒼子……？」

「我要帶妳去醫院，振作一點。」

「……我怎麼了嗎……？」

「先別說話，我來背妳。快，來啊！」

可能是尙未完全清醒吧，她照蒼子所說的將手搭在蒼子背上。蒼子背著像小孩般趴在背上的她，進入電梯。對神明祈禱，但願不要遇見任何人。

蒼子不是在一樓下電梯，而是在二樓。如果在一樓下電梯的話，一定會被管理員看到。她穿越二樓的走廊，從設在大樓外牆上的逃生梯離開。夾雜著雪的冷雨，愈下愈大。在冷冽的雪雨中，蒼子小心翼翼避免滑倒地走下逃生梯。沉甸甸的她壓在背上，讓她快喘不過氣來，支撐著她的腳的手也快不行了，只要鬆口氣就會力氣全失。

終於下了樓梯後，蒼子連忙走向公寓大樓後方的小公園。冰冷的雨水流進眼睛，她的身體重得讓她很想乾脆放下不管。突然，腦海裡閃過醫生的叮嚀，不要讓身體受寒，不可以搬太重的東西。

蒼子好不容易抵達公園，拚著最後一口氣，走向公園裡的亭子。

將她卸放在圓木橫切的椅上後，蒼子拚命調整混亂的呼吸，雙手激烈地不停顫抖。接著放下肩上的兩個皮包，一個自己的，一個她的。想要打開皮包的釦子，偏偏手指抖個不停，就是打不開。

「求求你，快開啊。我在趕時間啊！」

蒼子自言自語地呢喃著，最後終於打開皮包，拿出自己的錢包，再從裡頭取出錄影帶出租店的會員證，確認上面寫的自己的名字、福岡的地址還有電話號碼。

蒼子將會員證塞進她的皮包裡。這時，手碰到了她的錢包。蒼子只猶豫了短短一瞬間，便拿出那個錢包放進自己的口袋裡，然後將皮包放在她的腳邊，站了起來。

再一次仔細端詳她的臉。這時，蒼子的手無意識地伸出去想觸摸她的額頭，警覺到之後，她立刻收回。

算了！

今後她會變成怎麼樣，才不關我的事呢。就算她這樣死了，或者被河見怎麼樣了，都不關我的事！蒼子如此告訴自己。

接著，在冰冷的雨中，她朝公園入口處的電話亭走去。

蒼子渾身溼淋淋地回到牧原的公寓，牧原見狀大吃一驚。

「妳到哪裡去了啊？天啊，怎麼淋成這個樣子！我眞是搞不懂妳啊。」

牧原一邊發牢騷，一邊拉蒼子進來。

「全身凍成這個樣子，妳怎麼沒說一聲就跑出去呢？妳現在是有孕在身的人耶。妳知道我有多擔心嗎？」

蒼子接過牧原遞給她的毛巾，默默地擦拭頭髮上的雨水。

「我想泡個澡……」

「我這就去幫妳放熱水，妳在暖爐邊坐一下。」

牧原去了浴室後，蒼子伸出凍僵的雙手靠近電暖爐。她想趁泡澡的時候，好好想個理由來說明她到哪裡去了。雖然在回程的計程車裡也曾想過，但就是編不出一個好的謊言。

「來，喝茶。」

背後傳來聲音，蒼子回頭一看，牧原將熱茶端到她的面前。接過熱茶啜了一口，聞到一股煎茶的香味。這股茶香，突然讓她想起河見。河見喜歡喝日本茶，喝咖啡或紅茶的時候，儘管是便宜貨他也不會發半句牢騷。但只有煎茶，如果不是好茶，他絕對不喝。

「蒼子？妳聽見了嗎？」

「啊？」

蒼子愣了一下，目光離開茶杯裡的煎茶抬起頭來。

「我在問妳，妳到哪裡去了？我擔心得要命呢。」

「對不起。」

「光說對不起我怎麼會懂呢？難道不能跟我說嗎？」

蒼子深深地嘆了口氣。這也難怪牧原會追問到底。換個立場的話，蒼子也會追問他到哪裡去了吧。可是現在，眞的沒有力氣想出一個他能接受的理由。痛苦難捱之餘，蒼子隨便敷衍了一句：「沒什麼，我只是回家去拿忘了拿的東西。」

「眞的嗎？」

蒼子躲開牧原狐疑的視線，站了起來，一語不發地朝浴室走去。雖然聽見牧原不曉得在後面嘀咕什麼，但她不予理會，逕自脫掉衣服，打開浴室的門，走進溫暖的蒸氣裡。

蒼子將身子沉浸浴缸裡，閉上雙眼，凍僵的身體逐漸暖和起來。

蒼子心想，她後來怎麼樣了？她曾打電話叫救護車，說有個女人昏倒在公園裡。現在，應該已經被送進某家醫院了吧。

熱水暖呼呼地浸到下巴，蒼子陷入沉思。

此刻，醫院裡的護士應該已從她的皮包裡看到錄影帶出租店的會員證，而且和福岡方面取得聯絡了。河見聽到妻子昏倒在東京的小公園裡，會怎麼想呢？大概明後天會來東京吧。河見來之前，她會醒來嗎？當周遭的人都認爲她是河見蒼子，她會察覺到我做的事嗎？

蒼子祈禱，河見會在她醒來之前來到東京，然後將她強行帶回福岡，關在那個家裡，讓她再也出不了門。

蒼子睜開眼睛，望著瀰漫著水蒸氣的天花板。

事情不會這麼順利。雖然有可能，但不可能順利到這種地步。

那時候應該把她殺了。

蒼子覺得自己的腦袋裡有另外一個人在喃喃低語，原本已經暖和的身體，突然起了雞皮疙瘩。

她眞的痛恨佐佐木蒼子。當時的情況，想殺她也下得了手的。放她一條生路，遲早她又會來找蒼子吧。爲了能眞正安心過日子，那時候應該當場殺死她。

蒼子溼淋淋的雙手捂著臉。

下次再見到她，說不定會殺了她。蒼子對潛藏於內心的殺意感到恐懼。

自己究竟是爲了什麼誕生到這世上來？應該不是爲了殺死另一半的自己而出生的吧。自己究竟是從哪裡來的？爲了做什麼而來到這裡？

蒼子用力甩動潮溼的頭髮，步出浴缸，對於自己這種想要探究根本的念頭感到恐懼。她將香皀抹在海綿上起泡，洗滌身體。

肚子感到有點悶重，使她隱隱不安。醫生說，現在是最容易流產的時期。她伸出左手輕輕撫摸自己的肚子，想到依然平坦的肚子裡已經有生命存在，感到不可思議。

坦白說，蒼子並不想要有小孩。她交代牧原做好避孕措施，但他還是搞砸了。不過就結果而言，因爲懷孕的關係，才使得蒼子從影子變成本體，因此這個小孩不可以拿掉。如果肚子裡的小孩沒了，自己一定又會變回分身。

蒼子淋著熱騰騰的洗澡水，一邊思索著今後該如何是好。

她心想，儘管今晚平安度過，明天也非離開這裡不可。

等她醒來之後，發覺蒼子幹的好事，一定會來這裡找人吧。

暫時不需要擔心錢的事。要是她提出掛失申請，信用卡就不能用了，因此蒼子事先已經提了很多現金出來，將預借現金的額度都提滿了。更何況，既然現在自己已經成了佐佐木蒼子，那棟公寓也變成自己的了。

還是先藏身在飯店裡，勸牧原搬家吧。找個理由叫他搬家、換工作，從今以後她就再也找不到我了。

蒼子心想，該怎麼跟牧原說明天要暫時搬去飯店住的事呢？蒼子想了又想還是想不出什麼好藉口，不禁嘆了一口氣。

「……唉，覺得好累喔……」

在蓮蓬頭如雨般的淋灑中，蒼子低聲呢喃著。

蒼子走出浴室後，牧原賭氣似的垮著一張臉在看電視。

蒼子心想，如果他要繼續鬧彆扭、打冷戰的話，這樣靜靜的也不錯。偏偏三十分鐘不到，牧原就靠過來了。

「蒼子啊，妳真的愛我嗎？」

牧原嘟著嘴說。這種孩子氣的態度，讓蒼子眉頭輕蹙。

「啊，妳幹麼擺出一張臭臉啊？好過分喔！」

「我沒有擺出一張臭臉啊。」

蒼子努力做出笑臉。看蒼子笑了，牧原也稍微鬆了口氣。

「我要妳答應我一件事。」牧原握著蒼子的手。「我們就要結婚了，所以不要有任何事情瞞著對方。不可以有任何祕密。這樣好不好？」他正經八百的。

「我還以爲你要說什麼呢！」

不經意間，蒼子流露出不耐的口吻。

「怎麼，妳不以爲然嗎？」

「……也不是不以爲然啦，只是……」

「只是什麼？夫妻之間最重要的就是信任感不是嗎？妳失敗過一次，應該更清楚才對啊。抱持猜疑的話就完蛋了。像妳剛才那個樣子，換成任何人都會對妳起疑的。妳跟佐佐木在一起的時候，也做過這種事嗎？」

蒼子凝視著牧原的臉，問自己是否愛這個男人？不討厭，不過也談不上愛。而且未來會不會愛上他，她也沒有自信。她認爲牧原說得沒錯，但就是無法產生共鳴。

蒼子站了起來，窩到床上去。隨後牧原也跟來了。

「話說到一半耶，妳這是幹麼！」

「我從剛才就不太舒服，讓我睡吧。」

牧原欲言又止地口中念念有詞，最後死心似的忿忿轉過身去，走向浴室。

不久，牧原換上睡衣又來到床上，在蒼子的耳邊囉唆個不停，什麼小孩的名字要取什麼啦，還有不論要等幾年都沒關係，反正一定要舉行婚禮啦。自己一個人興高采烈地說著說著，卻又在蒼子睡著前就開始打鼾了。

蒼子原本以爲自己已經筋疲力盡，應該可以睡得很熟，想不到卻異常清醒，遲遲無法入睡。

翌晨，察覺到牧原起身下床的動靜，蒼子醒了過來。之前聽到早報投入郵筒的聲音後，才終於矇矇矓矓地睡著，結果也沒睡幾個小時。

「身體覺得怎麼樣？」

牧原一邊打領帶，一邊看著床上的蒼子。蒼子不置可否地微微一笑，撐起身子。整個頭昏沉沉的，全身疲累無力。

「嗯，已經好多了。」

「眞的嗎？妳沒有硬撐吧？」

「沒事啦。你要吃早飯吧，我這就去做。」

「啊，不用啦，妳多睡一會兒。」

聽牧原這麼一說，蒼子鬆了一口氣，她眞的沒有力氣站在廚房做飯。

打好領帶，牧原去廚房沖咖啡。蒼子緩緩地站起來，拉開窗簾。外頭是和昨天截然不同的好天氣。

牧原問她要不要吃麵包，蒼子搖搖頭，她完全沒有食慾。牧原吃麵包的時候，蒼子開始翻閱早報。

首先，她鉅細靡遺地看著都內版，即使心想應該不會有女人昏倒在港區附近公園的報導，但還是仔細地搜尋著。結果，果然沒有這則報導。

翻了一下影劇新聞，接著看社會新聞。大致看過標題，想翻到下一頁的時候，「蒼子」兩個字突然閃過眼簾。

蒼子回來吧，是我不好　俊一

俊一是河見的名字。想到這就是河見之際，她的胸口急劇疼痛。

河見在找我。在全國性的報紙刊登這種廣告，究竟要花多少錢啊。看得出來河見以無比的熱誠，在尋找離家出走的老婆。找到的話，他會怎麼做呢？他會將背叛他的老婆毒打一頓，還是哭著苦苦哀求，求老婆跟他回家呢？

蒼子的腦海裡，那棟和河見共同生活的小公寓復甦了。青綠色的榻榻米，鄰居家中傳來的鐘擺式時鐘的報時聲，一邊看棒球轉播一邊喝啤酒的時光……這些都令人懷念不已，懷念到令她痛苦得揪緊了胸口。

「蒼子！」

聽到牧原的聲音，蒼子頓時回過神來。

「那，我去上班囉。」

牧原穿著西裝、披上大衣走向玄關，蒼子也隨後跟去。當牧原要穿鞋的時候，蒼子遞了鞋拔給他。

「今天一天，妳會待在這裡吧？」牧原一邊穿鞋一邊問。

「嗯，應該會吧。」

「……應該，是嘛……」

牧原將鞋拔交還蒼子。

「妳要去哪裡都沒關係，不過要將去處告訴我。」

「……」

「我會擔心的，妳應該懂吧？當然，我也很擔心妳的身體，不過我總覺得妳好像又要離開我了。」

蒼子凝視著依然低著頭、喃喃訴說的牧原的側臉。

「反正我的薪水沒有佐佐木那麼高，而且只有高中畢業而已，又是從鄉下來的，往後也不可能出人頭地、升官發財。如果妳感到不滿，也不能怪妳。」

蒼子這還是第一次知道牧原是高中畢業、鄉下出身。

「果然，沒有錢是不行的嗎？」牧原流露出宛如小狗的無辜眼神，看著蒼子。

「……我才不在乎錢呢。」

「是嗎？那就好。」

雖然嘴巴上這麼說，但牧原的表情並沒有轉為開朗。

「反正我不是妳可以依靠的男人，我清楚得很！不過，我只希望妳不要悶不吭聲地就消失了，如果妳想分手的話就明說。」

當他說到「如果眞的想分手」之際，那表情好像要去撞電車似的。

「今天，若是妳要出門，留個紙條也好，或是在電話答錄機裡留話也好，總之要把去的地方告訴我。」

牧原虛弱地笑了笑，打開大門走了出去。蒼子默默地目送他的背影離去。

蒼子從玄關回到房裡，坐在柔軟的地毯上。

牧原「反正我……」之類的話語，緊緊地纏繞在她身上，讓人覺得厭煩難耐。

這麼一來，我不就跟佐佐木蒼子一樣了嗎？

蒼子頓時一愣。

畏懼河見過度的愛情，討厭牧原卑屈的心態。難道往後，自己也會走上跟她同樣的命運嗎？

蒼子撿起剛才的報紙，忿忿地往牆壁扔去。隨著一聲巨響，報紙散落到地板上。

蒼子驚恐萬分。

對牧原的感情逐漸冷卻的同時，她卻懷念起以前和河見的生活點滴。只要能忍耐河見偶爾的失控抓狂，那眞的是幸福的生活啊。蒼子開始懷念過往的生活，並爲自己的想法感到恐懼。

她覺得自己彷彿走在麥比烏斯帶[4]上，不禁背脊發涼。原本以爲走在裡面，不知不覺卻走到了外面，而且一直在同樣的地方打轉。絕不可能走到別的地方，一直走在一條封閉的帶子上。

蒼子在心裡盤算著，該怎麼做才能離開這條道路呢？

就這樣誰也不說，遠走高飛消失無蹤吧。這麼一來，無論自己是分身還是本尊，都無

麥比烏斯帶：Mobius Strip，經過摺曲，產生一種內裡翻出，內外交錯的空間。

關緊要，也不需要生下不愛的男人的孩子。

自由。

蒼子感到自己是自由的。

就這樣悶不吭聲一走了之的話，再也沒有人能找到我。身上的錢也足夠過好幾個月，也可以到外國去。找個地方落腳之後，再找工作就行了，況且還有一技之長在身。

這麼一來，就眞的自由了。

可是這種自由感，完全比不上當初從福岡來東京時的興奮高昂。不僅如此，蒼子感到胃裡有股不舒服的東西急湧而上。

連忙衝進洗手間，對著馬桶嘔吐。由於昨天幾乎沒吃到什麼東西，吐出來的只有胃液。她難過得眼淚都流下來了。

嘴裡充滿苦澀、令人不悅的味道。

原來處心積慮想弄到手的——自由的味道，就是這個啊。

ブルー
もしくは
ブルー

the blue or the other blue

蒼子A

張開眼睛，矇矇矓矓地看見白色天花板。不過，眼前還是一片漆黑，眼皮如鉛塊般沉重。

然而，我還是感覺到意識逐漸在恢復中。先前看到的白色天花板，並非在作夢。我記得我曾經看過那個天花板。對了，那是初經來的時候。那時的我，搞不懂發生了什麼事而驚慌失措，保健室的老師溫柔地撫摸著我的頭髮——哭到累得睡著時所見，那所小學保健室的天花板。

我怎麼會想起這種事，究竟是怎麼回事？人在臨死之前，會回顧自己的一生，難道我快死了嗎？

我要死了嗎？

爲什麼呢？爲什麼現在非死不可呢？

我不想死，我還有一個願望尚未實現，我不想就這樣死掉。

我不要死，誰來救救我啊！

救命啊！

「……小姐，妳不要緊吧？」

有人跟我說話，我睜開眼睛一看，一個年輕女孩的臉湊了過來，一臉擔憂的樣子，她戴著白色的帽子。

板。

「妳是不是作夢了？」

這個女生笑咪咪的，原來是護士啊。我的視線越過她的肩膀，看見剛才的白色天花

「妳剛才叫得好大聲喔，真的很嚇人。」

「……我叫什麼？」

「妳叫救命啊。看來妳真的做了一個很恐怖的夢。啊，現在不可以起來啦。」

我想撐起身子，卻被護士制止。這個時候，我察覺手腕上插著點滴的針。

腦筋終於開始轉動了，看來我是躺在醫院的病床上。爲什麼會這樣呢？我拚命地搜尋記憶的線索。

我想起來了。我記得我和她一起去見佐佐木，到了公寓大樓裡的走廊，突然覺得不舒服。可能是在那裡昏倒，被送到醫院來的吧。

「請問……這裡是？」

護士在察看點滴袋的狀況，我試著問她。她說了某間大學醫院的名字。以前，我曾經來這裡探望住院的朋友，知道自己身處熟悉的地方，讓我稍微安心了些。

「妳記得昨天的事嗎？」

「不記得，記不太清楚……」

「妳昏倒在晴海的某個公園裡，救護車把妳送來的時候，妳還發著高燒呢。如果就這樣在外頭昏迷一晚的話，會有生命危險的！」

「公園？」

「爲什麼妳會昏倒在公園裡呢？」

我怎麼知道？我才想問呢。看我靜靜地不發一語，護士溫柔地透過毛毯拍拍我的肩。

「燒已經退得差不多了，血壓也回升了，妳不用擔心了。不過，妳還得住院個兩三天，仔細檢查一下才行。我們已經跟妳先生聯絡了，他應該不久就會到了。」

「……啊？」

「妳的皮包裡有錄影帶出租店的會員證，因爲不知道妳的身分，我們擅自拿出來看了……」護士小姐一臉歉意地說。

我反射性地微微一笑，搖搖頭，卻怎麼也想不起來到底有沒有把錄影帶出租店的會員證放入皮包裡。不過，想到佐佐木快到了，也就鬆了一口氣。

「那麼，河見太太，點滴快打完的時候，請按護士鈴叫我們來。」

護士說著就走出病房了。我瞪大了眼珠子，目送她的背影離去。

剛才那個護士叫我什麼來著？她怎麼叫我河見太太呢？

我留意著點滴的插管，撐起身子，緩緩地環顧室內。這是一間狹小的個人病房，四周圍繞著乳白色的牆壁和窗簾，轉頭想看背後的牆壁時，我突然察覺到——

床邊的護欄上吊著一個名牌，上面寫著「河見蒼子」。

我瞠目結舌地看著那個名牌，這是……這是怎麼回事？我是佐佐木蒼子啊，爲什麼變成河見呢？

一股不祥的預感襲上心頭。我環顧四周，尋找自己的皮包。

我焦慮地按下護士鈴。由於按下去我這兒聽不見聲音，也不知道究竟有沒有在響，於是我死命地按個不停。

「來了來了，怎麼了嗎？」

病房的門突然被用力打開。來的不是剛才的女生，而是一位年紀較大的護士。

「是這樣的，我的名字寫錯了。」我指著名牌說。

護士的表情頓時轉爲嚴峻，一副好像不該爲了這種事叫她來的表情。

「我會叫他們改過來。」

護士快人快語地丟下這句話就想走人，我連忙叫住她。

「啊，等一下。請問，我的皮包在哪裡？」

走到門口的她駐足想了一下，又轉回房裡。她胸前的名牌上寫著「護理長」。

「小姐，妳是昨天被救護車送來的吧？」

「……是啊。」

「皮包，皮包啊……」

她一邊喃喃地念著，打開矗立在門後的鐵櫃。

「這個？」

「沒錯，就是這個。」

接過護理長遞給我的皮包，我想單手打開鈕釦，卻陷入一片苦戰。她默默地幫我打開。

「妳在找什麼嗎？」

回答她的問題之前，我拚命地找，卻無以爲答。

一張從沒看過的錄影帶出租店會員證顯現在眼前，「河見蒼子」的名字下面，寫著一串〇九二開頭的電話號碼。

「這不是我的。」

「啊？」

「這皮包是我的，但是這張會員證不是我的。不是我，我姓佐佐木。」

我拚命地解釋，護理長瞪大了眼睛看著我。

「一定是她，錯不了，一定是她放進來的！」

我不禁放聲大叫。錯不了的，一定是她趁我昏迷的時候放進這張會員卡。

「出了什麼事嗎？冷靜一點嘛。」

護理長輕輕撫著我的背

「妳離家出走對不對？」

聽到這句話，我愕然地抬起頭。

「昨天，我打了電話給妳丈夫。結果他說，妻子上個禮拜就下落不明了。他還在電話裡哭得好傷心呢。你們吵架啦？」

「我說過了，我不是河見，那是別人。」

護理長一臉納悶地歪著頭。

「那，爲什麼妳會有別人的會員證呢？」

被這麼一問，我啞口無言，這不是三言兩語就能解釋的，況且，就算我仔細地解釋給她聽，她也不見得聽得懂吧。

這時走廊傳來呼叫「護理長」的聲音。

「啊，不好意思，我現在很忙，待會兒再慢慢聽妳說哦。」

語畢，她啪答啪答地走了。

獨自被留在狹小個人病房的我，半張著嘴巴在床上呆愣了一會兒。思緒太過複雜紊亂，根本理不出頭緒。

「……冷靜下來，我一定要冷靜下來。」

我如此告訴自己。現在根本不是在這裡悠哉睡覺的時候，那麼，首先該怎麼做呢？

我閉上眼睛，仔細回想昨夜的事。

對了，我去了牧原的公寓。在那裡得知，牧原的眼裡看不到我。後來回去我家，看到佐佐木。

再度想起這件事，絕望猶如千斤重般壓著全身。我想起來了，不知何時我已經變成分身了。

她趁我昏迷的時候，將河見蒼子這個名字硬塞給我。她現在已經變成佐佐木蒼子，一定在某個地方得意地開懷大笑吧。

饒不了她。

我咬緊牙根。

她可能認為事情做得天衣無縫，但我絕對不會讓她稱心如意。我一定要逮到她，拿回我的名字和本體的身分。

我抬頭看了看點滴袋，才滴完一半而已，我不能一直待在這裡。

河見馬上就會來了。

說不定，他已經……他已經來到附近了！

我不能待在這裡。警覺到這點，我立刻拔掉點滴的針管。一陣痛楚襲來，小小的血滴不斷地膨大，我連忙從皮包裡拿出手帕，捲成細細一長條綁在手腕上。看了一眼拿手帕時露出來的手表，指針指著四點多。

我打開剛才的鐵櫃，取出自己的衣服和鞋子。脫掉醫院的浴衣，快速地換上自己的衣服。裙子和毛衣都還溼淬的，大衣的下襬髒了一大塊，不過現在也管不了這麼多了。被河見逮到的話，不曉得會有什麼下場。他可能會認爲我是他老婆吧。儘管跟他說我是別人，他也不可能聽得懂。光是想到那個暴躁易怒的男人會做什麼事，我就嚇得渾身顫抖。

換好衣服後，我悄悄打開病房的門，探頭望向走廊。長長的走廊盡頭，右側好像是護理站，瞧見幾個護士的背影。我悄悄地走出走廊，快步往左邊走。找到樓梯後，我像俯衝般拚命往下跑。

到了一樓之後，立刻往掛號處走去。排列整齊的長椅上坐著幾個人，另一邊的玻璃門外有計程車。看來這是醫院的正門，我直直地走向醫院的出口。只要搭上車子，就不要緊了。就在我鬆了一口氣走出自動門的時候——

「蒼子！」

後面傳來響亮的男聲，我反射性回頭一看，一個熟悉的高大男性身影映入眼簾。只見河見粗魯地撥開周遭人群，拚命往這裡跑來，這樣的畫面在我眼裡彷彿慢動作播放似的。

我往停在路邊的計程車車窗猛敲，原本在看報紙的司機，連忙打開後座的車門。

「等一下，蒼子！不要走啊！」

計程車門關上的時候，河見的腳剛好踩開自動門。河見伸出的右手，和計程車門距離不到兩公尺。

「那位先生是不是在叫妳啊？」

「別管那麼多，快開車，快啊！」

司機被我這麼一罵，有點嚇到地連忙發車前進。霎時，河見那充血的眼睛和我的眼睛四目相對，然而加速奔馳的車子終於擺脫了他的視線。我轉過身去，透過車子的後窗往後看。在柏油路上奔跑、奮力追來的河見的身影愈來愈小。

坐在前往牧原家的計程車裡，我靜靜地凝視著自己交握的手指。

她可能不在牧原家，也不在我家了吧。這我早猜到了，然而我猜不出她現在究竟在哪裡。不過，既然她要跟牧原結婚的話，牧原應該知道她的行蹤。不知道的事，問知道的人就行了。

從醫院到牧原家坐車不到十分鐘，所以我決定先去他家看看。雖然不抱什麼期待，不過她依然有可能還在牧原家。

我對她的感覺早就超越憤怒，變成強烈的憎恨。

我的腦子已經冷若冰塊。對於她，我連分身這種些微的親近感都已蕩然無存。

我思索著如何從她的手裡將自己搶回來。

本體和影子之所以能夠對調，是因爲影子懷孕的關係。這麼說來，只要沒有了孩子，我或許就能再度變回本體。

逮到她之後，我一定要讓她流產。

可是，這該怎麼做呢？

我看乾脆把她殺了吧！既然是從自己身上衍生出來的東西，就親手把它殺了。

「……我要殺了她。」

就這樣喃喃自語之際，我感到腦子裡好像有什麼東西突然斷了。頓時，我回過神來。

全身起滿雞皮疙瘩。

剛才那是殺意，不折不扣的殺意。

這輩子，我連作夢都沒有想過眞的要殺死誰。

如果我眞的把她殺了，會有什麼下場呢？

現在，她是本體，我是影子。如果本體死了，影子是否也會一併消失呢？會不會像恐怖驚悚片中的惡魔一樣，慢慢地融化掉、失去形體呢？

我應該趁我還是本體的時候就把殺她了，我不該和她相遇的啊。既然相遇了，就註定其中一人會消失。

想到這裡，我用手掌捂著臉。

那麼她是爲了什麼誕生到這世上來的呢？我又是爲了什麼讓她出生的呢？如果是爲了互相憎恨，又何必出生呢？如果這是神明的意旨，神明眞是壞心眼又傲慢啊。

「小姐，到這一帶可以嗎？」

司機出聲問我，我抬起頭。

「……哦，好，請到前面那個藥局停車。」

我連忙翻出皮包，尋找錢包，可是錢包不在裡面，頓時我臉都綠了。

爲什麼我沒有事先確認呢？她不可能把錢留著一走了之。

「不好意思，我馬上回來，請你在這裡等一下好嗎？」

司機的臉上蒙上一層陰霾。

「我要去那棟公寓。忘了拿東西，去拿一下就回來了，我眞的會回來。」

說完之後，我就下車了。小跑步爬上公寓的樓梯，帶著祈禱的心情，摸著大門旁邊瓦斯表的上頭，隨著「噹」的一聲，鑰匙掉落在我腳邊。

我以這把備份鑰匙打開大門，進入牧原家。穿過廚房，直接往後面的房間走。我記得電視機旁邊擺著一台小型立體音響，音響旁放著一個圓桶形的撲滿。找到之後，拿起來掂一下，感覺還滿重的。打開後面的蓋子搖了一下，一堆零錢便撒落在地毯上。有一塊錢的也有十塊錢的，裡頭還有很多閃著銀光的五百塊硬幣。我吐了一口大氣，緊繃的感覺頓時消失了。

剛開始和牧原交往的時候，我看不慣他將零錢到處亂放，於是買了這個撲滿送給他。約好等撲滿存滿了，就去吃好吃的東西。有一段時期，我們甚至把錢包裡的五百塊硬幣都投進去呢。那些錢依然存在裡面，真感激牧原的懶散。

光是五百塊硬幣就有七千塊之多，足以付計程車錢了，我拍了一下胸口，安心多了。我站起來，環顧了一下屋內。宛如剛打掃過一樣，地毯和桌子上都一塵不染。打開壁櫥和衣櫃一看，看不到她的任何東西。

接著到廚房一看，一條折成三折的抹布放在流理台上。將它拿起來一瞧，跟我的折法非常相似。瀝水籃裡，倒放著一個未乾的咖啡杯，看來她不久前才離開這裡。

首先要打個電話給牧原，我走向電話。原本想拿起話筒的手指突然停了下來，我抱著姑且一試的心情按下重撥鍵。自動撥號的快速聲響後，緊接著傳出電話鈴聲。

「您好，這裡是世紀飯店。」

明朗的女性的聲音，迴蕩在靜謐的房間裡。我嚇得不知如何回話。

「喂？這裡是世紀飯店，有什麼需要服務的嗎？」

「啊，不好意思，請問那裡……」

我語無倫次地問她，有沒有一個叫河見蒼子的人住在那裡。一陣電腦的鍵盤聲之後，接電話的女生說，他們這裡並沒有這位客人。我想了一下，改用舊姓問她，於是她回答「有」，連她的房間號碼，都很親切地告訴我。

居然簡單到令人掃興的地步，這樣就知道她在哪裡了。我搖搖晃晃地站起身來，走向玄關。

走著走著，卻在廚房停下來。我略為思考，拉開流理台的抽屜。一如我的記憶，一把小小的水果刀混在筷子和湯匙裡。我直勾勾地盯著那把水果刀。

火速趕回計程車裡，將飯店的名稱告訴司機後，他一臉狐疑地看著我。

「因為我的錢包丟了，回去拿錢來。車錢我一定會付的，請你放心。我在趕時間，請開快一點。」

聽了我的話之後，司機不發一語地啓動引擎。開上大馬路之後，用無線電報告車行要去世紀飯店。

我埋坐在椅子上，眼睛望向窗外。沿著國道林立的大廈群那一側，天際已逐漸浮現暮色。穿越行人平交道的人們、店家的櫥窗，這些熟悉的東京街景如今卻顯得十分遙遠，宛如異國的街頭。

突然想起，我究竟多久沒有過日常生活了？連上一餐吃了什麼？什麼時候吃的？我都想不起來。肚子或許已經餓了，卻絲毫沒有感覺。自從遇見那個和我長得一模一樣、有著相同名字的她，我或許就迷失在扭曲的世界裡了。遇見她之前的生活，成了非常遙遠的記憶。

我該如何回到過去呢？回到那無聊、孤獨、平穩的每一天。

我感到疲累不堪。不論她發生什麼事，我都不會原諒她。然而，倘若所有的一切眞能完好如初地回到從前，我卻也完全無法思考，今後該怎麼做？

頭又劇烈地痛起來了。這種疼痛是身爲分身的證明。宛如有人在腦子裡不斷地威脅我，說：「妳應該待的地方不是這裡。」

我將手伸進大衣口袋裡，輕輕碰了一下帶來的水果刀。

如果殺了本體的她，自己也因此消失的話，這樣反而最好。我已經逐漸萌生這種想法，因爲如此一來，就能夠擺脫令人不耐的頭痛，同時也能從「尋找生命的意義」這種空虛的行爲裡得到解脫。

「我已經受夠了……」

對於一切，我已感到厭煩，只想無論如何快點做個了結，好好地睡一覺。

抵達西新宿郊區的世紀飯店後，我取出銅板付了車資，司機又一臉不客氣地打量我。我彷彿甩人般斷然下車。

一四一〇號房。終於找到她的落腳之處，心情卻異常沉重。因爲知道她在那裡，非去不可。搭電梯的時候，我的心中有股不祥的感覺。

緩緩走過鋪著長毛柔軟地毯的走廊，來到她的房門前。我舉起顫抖的手，敲了幾下門。

不久，輕輕的腳步聲傳來，柔細的聲音問著：「請問是哪位？」

「是我。」

簡短的回覆之後，陷入片刻靜默。不久聽到開鎖的聲音，門終於打開了。

她臉色鐵青地開門迎接我，不像以前那樣，若無其事地伸出舌頭傻笑。我們早過了玩捉迷藏的年紀。

「請進。」

她滿臉困惑地請我入內，我目不斜視地快步往裡面的沙發走去。從雙人沙發的對面窗戶看出去，華燈初上的高樓大廈顯得特別巨大。

「妳坐一下，我去叫人送茶來，還是妳要咖啡？」

她拿起客房服務的菜單遞給我。我沒有收下，搖搖頭說：「都可以。」

她拿起電話，叫了兩杯咖啡。掛上電話後坐在靠窗的床邊，她那白色的臉頰就在我伸手可及之處。她身上的手織羊毛上衣及百褶裙，是從福岡來東京時穿的衣服。

她靜默不語，只是將臉對著窗子。詭異的是，我居然對她這種態度不反感。沙發的柔軟觸感，讓我稍微平靜了下來，我也一樣暫時看著窗外的景色。

「身體怎麼樣？去了哪一家醫院？」

她首先打破沉默。

我看著她沒有上妝的薄唇。「妳怎麼不問，爲什麼我知道妳在這裡？」

我沒有回答她的問題，反過來問她。她輕輕地笑了笑，剛才的困惑之色，已經消失無蹤。

「問了又有什麼用呢，反正妳都已經來了。」她突然改變態度地說。

「我見到河見了。」

聽我這麼一說，她抬起頭來。

「一切照妳所策畫的陰謀，院方看了會員證後，由護士打電話通知他來。正當我離開醫院的時候，碰巧在門口遇見他，千鈞一髮之際我逃出來了。」

「……這樣啊。」她點點頭，表情沒什麼變化。

我看著她的側臉，「還給我！」

「……」

「我的名字、我的丈夫、我的生活，所有的一切都還給我！我覺得對妳過意不去，畢竟當初提出交換身分的人是我，也給妳帶來很多困擾。但妳也不能因爲這樣，就對我做出這種事。妳回去妳的地方吧。」

「如果我不還妳呢？」她揚起嘴角笑了笑。

「還給我！」

她緩緩站起身來，走到窗邊，嬌小的背就在我的眼前。我緊緊握著口袋裡的小刀。

「我問妳，妳現在還喜歡牧原嗎？」

「妳突然問這個幹麼？」

「我跟妳說，我第一次見到牧原，就覺得他是個好人。個性開朗、溫柔體貼，是個很可愛的人。不過，在一起一陣子之後，覺得他這個人眞的很煩。被愛應該覺得很高興，可卻漸漸感覺被愛變成一種沉重的負擔。」

她突然停下來，瞥了我一眼又繼續說。

「妳也有同樣的感覺吧。畢竟，我們是同一個人嘛。走到同樣的結果，是理所當然的。妳和河見一起生活有什麼感想呢？應該和我的感受一樣吧。所以妳才會回到東京來不是嗎？」

我凝視著她的背，察覺手心冷汗直流。

「不過比起河見，牧原好多了。我不要把身分還給妳，反正妳已經變成影子了，妳現在是河見蒼子。」

她依然對著窗戶說話。那冷漠的側臉，不會對任何人伸出慈悲之手的頑強背影。

這時，我才第一次意識到——

爲什麼以前我都沒有意識到呢？其實站在眼前的這個女人，就是我啊。

一個說謊、自私、冷酷的人，這就是我啊。她根本就是我的翻版嘛。

「妳的口袋裡放著什麼？菜刀？還是剪刀？」

她緩緩地轉過身來面對著我。由於被她說中了，我頓時睜大了眼睛。

「爲什麼我背對妳的時候，妳不下手呢？妳是來殺我的不是嗎？」她以平靜的口吻說。

我不發一語，只是目不轉睛地瞪著她，好像要把她吃掉似的。結果，她嗤嗤地笑了起來。

「妳怎麼殺得了我呢？現在我可是本體啊。本體死了的話，影子會怎麼樣呢？來啊，不試試看怎麼會知道呢。」

面對她譏諷嘲笑的口吻，我倏地站了起來，從口袋裡亮出右手緊握的小刀，扔掉皮製刀鞘，雙手握著刀柄，將銀色的刀刃朝向她。

「我要把妳肚子裡的小孩拿掉！如果妳願意把一切都還給我，妳可以去妳想去的地方，我不會去找妳的。」

「妳這是在威脅我？」

她一臉不在乎地說。接著，向我這裡踏出一步，又進一步，再進一步。隨著她逐步逼近，我意識到自己正一步一步地向後退。

背碰到了牆壁。她就在我緊握的刀尖前，如果她現在豁出去向前踏一步，我就能刺到她的身體。

雙手急劇地顫抖，不論多麼努力想穩住，小刀還是一直抖個不停。

「別靠過來！妳再過來的話，我真的會刺下去喔！」

當我受不了而放聲大叫時，她突然使勁往我手腕一擊，小刀應聲落地，她立刻撿了起來。在我還來不及反應之際，刀尖已經對著我了。

我嚇得連叫都叫不出聲，心裡明白非逃不可，可偏偏雙腳就是動彈不得。我雙腿發軟地癱靠著牆壁滑坐下去。

「……妳想，殺了我……？」

她右手持刀向下，面無表情地俯視著我。

「妳這個人眞的很沒種啊。」

說完，她轉過身去，撿起刀鞘，套回刀子上。將刀子放在桌子上後，盯著我瞧。

「我怎麼會殺妳呢。妳也一樣啊，妳也不可能會殺我的。」

「……爲什麼？」

「我們兩人彼此傷害的話，等於割了自己的手腕。沒種的我們，壓根兒沒有這種勇氣。」

這時，傳來敲門聲。我和她四目相視。

「看是要死要活，等喝完茶再說吧。」

她嘆了口氣。緊繃的空氣頓時舒緩下來，我也終於緩緩地站了起來。

正當我起身時，背後傳來「砰」的巨大開門聲。回頭一看，我又嚇得腿軟了。男人反手將門關上，站在門前的是河見。

「蒼子，我終於找到妳了！」

河見說著伸手向她。她連忙閃了個身，躲開河見的手。

「妳爲什麼要躲呢？喂，蒼子，我很擔心妳耶，妳爲什麼要離家出走呢？」河見萬般哀怨地說。

她看著癱坐在地上的我，那眼神彷彿在說：「是妳把他帶來的嗎？」我搖搖頭，爲什麼，爲什麼他知道這裡呢？

「……是誰告訴你我在這裡的？」

她一邊後退，一邊問河見。

「就是那輛計程車啊！我把妳搭的計程車車號和車行名字記下來，打電話去問他們。我說妳是從醫院偷跑出來的，他們用無線電問了一下，告訴我妳坐到這裡來。」

我想起那個司機曾經用無線電報告行蹤，現在回想起來，才明白爲什麼他會詭異地打量著我。

「爲什麼要這麼做呢？蒼子。我打妳的事，我向妳道歉，我再也不會打妳了。求求妳，跟我回去吧。」

河見對著逃到床鋪另一頭的她，聲淚俱下地說。至於我，他根本看也不看一眼。原來他看不見我啊。

「爲什麼要逃呢？我擔心得快發狂了。昨天接到東京的醫院打來電話，說妳昏倒在公園裡，妳知道我是什麼樣的心情嗎？爲什麼？爲什麼要逃呢？來，過來我這裡。」

她用眼神向我示意，暗示著門的方向，好像是叫我去開門。我立刻站了起來，靜靜地朝門口走去。

「妳爲什麼心神不定的？是不是跟男人一起來的？」

河見的語調一轉，帶著怒氣。

「我猜得果然沒錯。那傢伙在哪裡？居然敢勾引別人的老婆，我要把你們兩個都宰了！」

「不要鬧了！」

她突然以比他高分貝的音量吼道。我和河見都被她出乎意料的咆哮嚇得驚悸無語。

「你每次都這樣，壓根兒就不相信我。我跟你說，除了你之外，我沒有跟別的男人交往過！因爲我的人生是突然從二十三歲才開始的，我是爲了和你結婚，才出生到這個世上來的。可是，我已經受夠了。我再也不要爲了另一個叫做蒼子的女人，或是爲了你而活，我要爲自己而活！這樣有什麼錯呢？你才應該去死啦！」

當她滔滔不絕、連珠炮齊發之際，河見臉色大變，伸出手來想打她。我出聲大叫。

「快逃啊，這裡！」

我跑去開門。她差點被河見的手打到，也往門口跑來了。

「妳個臭婆娘！」

河見飛也似的撲過來，一把抓住正要逃走的她，然後用力將她拉回去。她用指甲抓著他的臉，力道之強！甚至發出沙沙的抓聲。

「妳這個賤人！」

河見緊緊捏住她的雙肩，奮力將她往一旁一扔，她的身體撞倒了桌椅，發出震天巨響。霎時，時間停止了。

「蒼……蒼子！」

河見這才警覺到自己幹的好事，想扶起她，可是他的手被她甩掉了。

「走開，不要碰我！」

「妳是怎麼啦？蒼子？難道妳說妳愛我，都是騙我的嗎？」

當桌子被撞到之際，刀子飛落到我腳邊。我趁著他們兩人在地上纏鬥，從地板上撿起小刀。抬起頭來，河見的背就在我的眼前。

如果沒有這個男的，就沒事了。

只要河見死了，就自由了。

不知不覺中，我已經取下刀鞘，握著小刀朝河見的背伸過去。這時，我和她四目相交。

「住手，他是我的丈夫！就算是這種男人，我……」

她說到一半突然戛然停止，隨後抱著肚子痛苦呻吟。

「……蒼子？」

她的腳邊流出一攤黑色的液體，逐漸擴散開來，裙襬隨即被染成一片混濁的紅色。

那是血，大量的血不斷流出！

出聲大叫的不是我，是河見。他宛如野獸長嚎般，發出淒厲的悲鳴。

背後傳來用力敲門的聲音，我放下刀子。河見一邊哭一邊搖晃著虛弱無力、軟綿綿的她，我茫然地看著這一幕。

之後，飯店人員立刻用備份鑰匙開門進來。我立刻告訴他們，這個男人對她施暴。隨後趕來的警備人員壓制住粗暴的河見，我陪著她搭上叫來的救護車，斜眼看著在後面鬼吼鬼叫的河見，他大喊著什麼「我做了什麼事，我要跟蒼子一起去」。

她陷入昏迷。救護車沒開多遠，便來到一家略微老舊的綜合醫院。轉眼間，她就被抬上擔架床推走了。護士命令我在原地等候，於是我坐在昏暗走廊的長椅上。

整個人快被忐忑不安的情緒壓垮。

那攤血的顏色……生理期的血是鮮紅色的，可是，她的下體流出來的血，是不吉祥的黑紅色。

骨肉至親死亡的預感，飄盪在陰冷的走廊上。我不斷地祈禱，超越了私人恩怨，我祈禱她平安無事。

頓時，腦海裡浮現牧原的臉，他的女朋友和他的孩子性命垂危。我幾乎毫不猶豫地走向公共電話，打到他家裡去。答錄機說牧原外出中，於是我留言告訴他醫院的名稱，還有蒼子住院請他立刻趕來，說完就掛上電話。

回到剛才的長椅上，沒多久就有個看來頗爲年輕的醫生從病房裡走出來。

「妳是她的家人嗎？」

「是的。」

他看著我，露出驚訝之色，大概是察覺到我和被抬進來的患者長得很像吧。

「我們是雙胞胎。」

「哦，這樣子啊。請問，妳是姊姊嗎？」

我瞬間想了一下，隨即回答「是的」。

「關於妳妹妹……很遺憾地，她流產了，好像還是懷孕初期的樣子。」

我連回答的力氣都湧不上來，只是靜靜地垂下眼簾。

「當姊姊的妳，也要多給她加油打氣喔。今後還是有很多機會懷孕的。」

醫生的臉上寫著「這是常有的事」，我欲言又止地張開嘴，隨即又緊咬嘴唇。對她來說，這或許是僅有一次的機會。

聽見護士叫喚，我進入病房。穿越一個像急診室的地方，通向後面的房間。她躺在一間小房間的白色床上，螢光燈將她的臉照得慘白。我往病床的摺椅坐下。

突然，她張開眼睛。

「……妳怎麼在哭呢？」

她天真無邪地問著我，我只是搖搖頭。

「聽說流產了。妳知道嗎？」

「剛才醫生跟我說了……」

她虛弱地笑了笑。

「實在讓人沮喪。醫生說暫時休息一下就可以回去了，人體究竟堅強還是脆弱，眞是搞不懂啊。」

我的眼淚一波又一波地湧出，以手背擦拭後，我安慰她：「孩子再懷就有了，妳一定沒問題的。現在這個時代，四十歲的人都還能生孩子呢，以後還有很多機會……」

「傻瓜，妳在說什麼啊。難道妳還想變成分身嗎？」她打趣地說。

「不知道，我眞的不知道。我應該覺得很高興，但事實並非如此。我原本想殺了妳，可是看到妳流了那麼多血昏倒時，我又很怕妳死掉。聽到妳流產了，眞的打從心底難過得要命。爲什麼會這樣呢？」

她從白色床單裡伸出手來，用手指擦拭我淚溼的臉頰。

「別哭了。老實說，我反而鬆了一口氣呢。」

「啊？」

「牧原喜歡的人不是我，是佐佐木蒼子，況且我也談不上愛牧原。這樣的父母生出來的小孩不會幸福的，其實我一直很怕生這個孩子呢。」

她變了一個人似的，說出這種喪氣軟弱的話。我宛如坐在性命垂危的少女枕邊，難過得無法自己。

「其實我一直很猶豫。」

「……」

「原本我想去哪裡就可以去。不跟牧原說，也不跟任何人說，拿著從妳那裡偷來的錢和護照，我甚至可以逃到國外去。可是我不曉得爲什麼就是下不了決心，想找個理由說服自己，於是就拖拖拉拉地待在東京的飯店裡。所以，才會被妳找到。」

她的手背貼向自己的額頭，表情被白皙的手腕擋住，看不見了。

「這是怎麼回事……？」

「我原本已經得到自由了。可是，當真的得到自由的時候，我……痛苦得要命。」

我不發一語地看著她的嘴角。

「妳認為，要怎麼做才能得到滿足呢？」

她拿掉額頭上的手，看著我的眼睛問。我只是笨拙地搖搖頭。

「其實，我們都是被愛的。不論是河見還是牧原，佐佐木也是一樣——結婚的時候他真的很愛妳。其實是我們讓這份愛扭曲掉的。我們明明被愛，卻沒有愛回去。」

說完之後，她深深地嘆了一口氣。我思索著她這番話的意思，她說得很有道理，但是，該怎麼做才好呢？我認為，我已經用盡我的方式去愛佐佐木了。難道說，儘管會被拒絕、儘管對方已經有了情婦，都應該努力去愛他嗎？只要努力去愛，這種冰冷空虛的心情就能得到填補嗎？努力去愛……這不是演技嗎？演得好的話，就能站上美好人生的舞台，是這樣的嗎？

這時，病房的門傳來輕輕的敲叩聲。

開門一看，護士的後面探出一個穿制服的警察。

「不好意思，打擾您休息，是這樣的……」

看了我和她的臉之後，他嚇得瞪大眼睛。

「請問，河見俊一的太太是哪一位？」

聽見他這麼一問，她撐起上半身。

「是我。」

「哦，是妳啊，妳的身體還好吧？」

「不要緊的。我老公怎麼了嗎？」

「是這樣的，我們接獲飯店人員的通報，說妳先生施暴打人，我們請他來到局裡，可是他一直堅持說他什麼都沒做，說他老婆病倒了被送到醫院去了。因爲他實在哭得很傷心，所以我才來這裡了解一下情況。」

「我老公什麼都沒做，對不對？」

她強烈徵求我的同意，我會意地點點頭。

「只是夫妻間起了一點小口角。抱歉，給你們添麻煩了。」

「哪裡，我們是沒什麼啦……那，我們會立刻放妳先生出來。」

「……這樣好嗎？」

警察搔著頭匆匆忙忙離去。我目送警察走後，望著她。

「什麼事？」

「妳還問什麼事？就是河見啊，他馬上就會來這裡了。妳得了嗎？」

「沒關係啦，我不會再逃了。」

「可是……」

「我決定跟河見離婚。」

「啊？」

「剛才妳要殺河見的時候，我不是制止了妳嗎？」

「……嗯。」

「那時，我自己也很驚訝。我對河見……」她說到這裡停頓了一下，接著又輕輕地搖搖頭。「我也不知道。我真的很討厭他，可是又覺得還愛著他。」

「又愛又恨？」

「嗯，而且不分軒輊。」

我和她，兩人輕輕笑了起來。

「不過，只要我依然毫不猶疑地愛著河見，他就會繼續暴力相向。我再也無法承受了。」

她臉上流露出深深的疲憊。我說不出半句安慰她的話，焦慮不已。

「妳別露出這種表情嘛。我跟河見離婚之後，也不會給妳添麻煩的。啊，事到如今說這種話好像沒什麼說服力。」

「……」

「總之，我會先回福岡一趟。」

她說得斬釘截鐵，使我不禁輕咬嘴唇。我曾經那麼盼望她回去福岡，可是現在卻高興不起來。

「對了，我打了電話給牧原。」

聽到我這麼說，她「啊？」了一聲。

「需要這麼驚訝嗎？因為那時候我以為妳會死掉嘛。」

「這樣啊……原來妳也有溫柔善良的一面嘛。」

她這句話裡驚訝的成分比諷刺的成分來得多。

「牧原就要來了，怎麼辦？」

「謝謝妳特地叫他來，不過我已經不想見他了。妳想辦法幫忙應付一下好嗎？」

「……嗯。」

雖然有點困惑，但我依然頷首答應。現在也只有一個辦法了。

「妳還是快點走吧。」她輕輕地嘆了口氣，對我說。「河見也快要來了。萬一又錯過的話就麻煩了。」

被她這麼一，我慢慢地站起來。

「我的皮包裡面有妳的東西，把它帶走吧。」

「……嗯。」

「那，保重囉。」

她簡短地說完，就窩進棉被裡。我已經走到門邊，卻駐足不前地回頭看著病床。那團蓋住她、膨起的棉被，顯得好小好小，小得令人感到悲傷。這麼一走，恐怕以後再也見不到她了吧。

「快走啊。」

棉被裡傳來模糊不清的聲音。

「嗯……」

「我會寫信給妳。」

「啊？」我不禁反問。

「過些時候我會寫信給妳。所以，快走吧。」

她的聲音聽起來有點顫抖，難道是我的錯覺？我輕輕關上門，走出病房。

從護士那裡接過她的皮包，我拿出自己的東西。來到走廊上，只有緊急出口的指示燈泛著朦朧的綠光。我頻頻回首，走向醫院的出口。不曉得爲什麼，一股依依不捨之情溢滿心頭，而終於塵埃落定的心情卻離我好遙遠。

走到大廳之後，我驚愕地停下腳步。玄關的自動門迅速打開，出現一道人影，那樣子看起來很像河見。接著，男人看到我，立刻往我這裡跑過來。

「蒼子！」

「……牧原。」

他來到我的前面，帶著聆聽死亡宣告般的畏怯神情。他一語不發地，只是兩眼含淚望著我。

「結果沒救，孩子流掉了。」

話一說完，牧原像是要把我吃了似的，盯著我看了一會兒。接著，伸出雙手一把將我抱住。

「這也沒辦法，再生就好了。」

他緊緊抱著我，反覆地這麼說。這份溫暖不屬於我的，是要給另外一個蒼子的。想到這裡，我感到愧疚不已。

然而，我也需要這種溫暖啊。

我埋在牧原的懷裡哭泣。他頻頻撫摸我的頭髮。

被牧原擁著肩、走出醫院的我，再度回頭看了一下她所在的病房大樓。

這時我察覺到，頭痛不可思議地完全消失了。

所有的一切都拿回來了，慘敗的感覺卻襲上全身。

我想，這是因爲她從來沒有讓我看見過她哭泣的臉龐。
是我輸了。
我徹底被自己打敗了。

ブルー
もしくは
ブルー

the blue or the other blue

信

收到她的信，已經是半年後的事。

我依然住在那棟公寓裡。和佐佐木離婚一事，後來只差我在離婚協議書上蓋章就完成了，但我卻逃掉了。佐佐木氣瘋了，說要請律師跟我上法院打官司。眞的打官司的話，或許我會輸吧，但也覺得這像別人的事一樣。

和牧原之間的感情，沒什麼進展卻也沒有分手，一直拖拖拉拉地持續著。每次看到他，他總是畏畏縮縮地嘀咕著：「反正妳就是不想放棄佐佐木的經濟能力。」

我的生活和遇見另一個蒼子之前一樣，幾乎沒什麼改變。唯一改變之處，就是我也跟她一樣，開始從事踩縫紉機的打工工作。

在大工廠的一個角落，一整天都在車同樣的部位，不需要任何技術。唯一需要的大概就是耐性吧。不過，自從她回福岡之後，我的腦袋突然變得恍恍惚惚的，做這種不用動腦筋、單純反覆的工作，感覺好像在復健。

收到她的信，是在夏日即將結束的一個清晨。

我準備出門打工，來到公寓大樓的一樓時，郵差正要把信投入我的郵箱。雖然信封上沒有寫寄信人資料，但一看那個白色信封，我就知道是她寄來的。

我沒有開封，直接將信放入包包裡，前往打工的工廠。裡面到底寫著什麼？我一邊踩著縫紉機一邊想像。她明明應該是另一個我，但是我還是無法猜想她究竟寫了什麼。

午休時間，我走到屋頂，拆開那封信。

陽光照得白色信紙閃閃發亮，風兒吹得信紙邊緣翩然飄動。

另一位蒼子小姐：

妳好嗎？

我過得馬馬虎虎。

搬離那間公寓後，我開始過著一個人的生活。

和河見的離婚訴訟官司打了很久。我實在想不透，只是離個婚而已，為什麼要花這麼多時間和金錢呢？

我想成為那家縫紉工廠的正式員工，但是河見會來找麻煩，所以現在到另一家工廠上班。連老闆都被河見毒打一頓，真是令人痛心疾首。

事到如今，和妳相遇的種種，感覺好像一場夢。不過全部都是真的啊，所以我現在才能這樣寫信給妳。

最近，我經常想起和妳在廣島見面的事。

係。

去見爸爸的時候，我們在咖啡店裡背對背坐著。我總覺得這件事似乎象徵著我們的關係。

我們就像連成一個圓圈的緞帶的表和裡，不會相遇，只能轉啊轉地轉個不停。這條緞帶上有一個扭折處（就像麥比烏斯帶啊），只有在那一瞬間，我們才能相遇。這一瞬間，我認為就是就是那個愉快的夜晚啊。雖然我很討厭妳，不過那時候真的很開心。

經過一番折騰終於離婚了，但我不認為未來會有什麼好事情。不過，也不至於想死就是。

對於這份生命的執著，究竟是從哪裡來的呢？有時候我也會想乾脆死了算了，但我就是無法拿起剪刀剪斷緞帶。我究竟想怎麼樣呢？我也不知道，或許就這樣老死而終吧。

淨寫自己的事，不好意思。希望有一天，我們還會見面。到時候，我們說不定又會羨慕對方的人生呢。

請多保重。再見。

九月十四日　河見蒼子

這封只寫了一張信紙的信，我反反覆覆看了好幾次。信末的日期，正好是我們相遇的日子。我不曉得看了第幾次才注意到這點。

如果沒有那一天，我曾過著什麼樣的日子呢？

至少，不是過著這種踩縫紉機的日子吧。我不禁泛起一抹苦笑。

隨著午休結束的鈴聲響起，我終於折起信紙。

日本暢小說 11

藍，或另一種藍

作者｜山本文緒
譯者｜陳系美
封面設計｜鄭婷之
責任編輯｜丁寧
國際版權｜吳玲緯　楊靜
行銷｜闕志勳　吳宇軒　余一霞
業務｜李再星　陳美燕　李振東
總編輯｜巫維珍

編輯總監｜劉麗真
事業群總經理｜謝至平
發行人｜何飛鵬
出版｜麥田出版
台北市南港區昆陽街 16 號 4 樓
電話：886-2-25000888　傳真：886-2-2500-1951
發行｜英屬蓋曼群島商家庭傳媒股份有限公司城邦分公司
台北市南港區昆陽街 16 號 8 樓
客服專線：02-25007718；25007719
24 小時傳真專線：02-25001990；25001991
服務時間：週一至週五上午 09:30-12:00；下午 13:30-17:00
劃撥帳號：19863813　戶名：書虫股份有限公司
讀者服務信箱：service@readingclub.com.tw
城邦網址：http://www.cite.com.tw
香港發行所｜城邦（香港）出版集團有限公司
香港九龍土瓜灣土瓜灣道 86 號順聯工業大廈 6 樓 A 室
電話：852-25086231　傳真：852-25789337
電子信箱：hkcite@biznetvigator.com
馬新發行所｜城邦（馬新）出版集團
Cite（M）Sdn. Bhd.（458372U）
41, Jalan Radin Anum, Bandar Baru Seri Petaling,
57000 Kuala Lumpur, Malaysia.
電話：+6(03)-90563833　傳真：+6(03)-90576622
電子信箱：services@cite.my

印刷｜中原造像股份有限公司
初版｜ 2005 年 4 月
三版一刷｜ 2024 年 5 月
售價｜ 360 元

國家圖書館出版品預行編目資料

藍，或另一種藍 / 山本文緒著；陳系美譯．
-- 二版．-- 臺北市：麥田出版：英屬蓋曼群島商家庭傳媒股份有限公司城邦分公司發行, 2024.05
面；　公分
譯自：ブルーもしくはブルー
ISBN 978-626-310-651-2（平裝）
861.57　　113002988

ブルーもしくはブルー
BLUE MOSHIKUHA BLUE

城邦讀書花園
www.cite.com.tw

ISBN 978-626-310-651-2
Printed in Taiwan.